JOVENS DEMAIS PARA MORRER

Adeilson Salles

Jovens demais para morrer

Letra Jovem

Editores: *Luiz Saegusa e Claudia Z. Saegusa*
Concepção da capa: *Thamara Fraga*
Fotografia: *Studio Carol Reis - Caroline C. dos Reis*
Modelos: *Verônica M. Santos de Brito e Caio Daniel de S. Bianco*
Finalização da capa: *Casa de Ideias*
Projeto Gráfico e diagramação: *Casa de Ideias*
Revisão: *Rosemarie Giudilli*
4ª Edição: *2019*
Impressão: *Graphium Gráfica*

Letra Jovem

Rua Lucrécia Maciel, 39 – Vila Guarani
CEP 04314-130 – São Paulo – SP
11 2369-5377

www.letrajovem.com.br - facebook.com/letrajovemeditora

Dados Internacionais de Catalogação na Publicação (CIP)
(Câmara Brasileira do Livro, SP, Brasil)

Salles, Adeilson
Jovens demais para morrer / Adeilson Salles. --
1. ed. -- São Paulo : Intelítera Editora, 2014.

1. Espiritismo – Literatura juvenil 2. Romance espírita
I. Título.

14-07164 CDD-028.5

Índices para catálogo sistemático:
1. Espiritismo : Literatura juvenil 028.5

ISBN 978-85-63808-34-9

PRIMEIRA PARTE

MORYN - POLÔNIA 1941

O automóvel ornamentado com duas pequenas bandeiras vermelhas, com a suástica característica do 3º Reich em sua parte frontal, avançava em baixa velocidade.

As duas motocicletas, com os batedores alemães, venciam o frio intenso daquela manhã em que a neve, insistentemente, descia do céu.

O dia cinzento refletia a tristeza da Polônia invadida pelo exército alemão em primeiro de setembro de 1939.

Há dois anos a opressão e a perseguição da máquina de guerra alemã oprimia o povo polonês, em especial os judeus.

No interior do veículo, no banco traseiro, o oficial da SS Wolfgang Schmidt, em serviço na Polônia e um dos responsáveis por um dos campos satélites da rede de Auschwitz-Birkenau, conversava com sua filha Sabine.

– Devemos atender a ordem do Führer! Os rapazes são treinados e educados na Juventude Hitlerista, e as moças, como você, devem estar filiadas à Liga das Jovens Alemãs. Aqui na Polônia, com tantos afazeres não tenho como te dar a mesma atenção que sempre dei. Precisamos esperar a guerra acabar para podermos ficar juntos assim como era antes.

– Compreendo papai, que deva atender às ordens do Estado, mas os jovens de modo geral e eu também, não gostamos de ser doutrinados.

– Filha, a minha posição de oficial das forças nazistas exige que minha família seja exemplo dos novos tempos dessa nova Alemanha! Na Liga das Jovens Alemãs você vai ser estruturada e educada segundo as diretrizes do nazismo, além de se preparar como tantas outras jovens para gerar os filhos arianos que darão orgulho à nossa raça.

Sabine abaixou os olhos e pensou:

Amo meu pai e não devo contrariá-lo, ele cuidou de mim com tanto sacrifício...

Ela olhou para o lado e contemplou a neve que descia suavemente do céu e recordou-se da sua mãe.

O coração foi invadido por sentimento intenso e doloroso.

Imensa saudade invadiu sua alma.

Sabine não se recordava da mãe, que havia morrido durante seu parto, mas a saudade sempre a acompanhava.

O rosto da mãe ela viu somente por fotos e era como se a tivesse visto pessoalmente, pois sentia sua presença constantemente.

Os olhos de Sabine ficaram turvos e derramaram duas grossas lágrimas por sua face.

Wolfgang, carinhosamente segurou no queixo da filha erguendo-o delicadamente.

Ele olhou nos olhos dela de maneira amorosa e disse:

– Não fique assim, filha! Com o aumento das minhas atribuições junto ao nosso comando, não poderei estar em casa todos os dias com você. Sei que necessita de mais atenção em seus dezesseis anos de idade. Também sinto a ausência de Anne, – ele teve a voz embargada – sua mãe me faz muita falta. Educar você sozinho não tem sido fácil até aqui.

Sabine emocionou-se mais ainda com as palavras do pai, e procurando se recompor disse:

– Perdoe-me papai, eu vou me esforçar na Liga das Jovens Alemãs...

– Sim, minha filha, faça isso! Vai ser bom pra você! Além do mais, as famílias que não cooperam enviando seus filhos para a Juventude Hitlerista, no caso dos garotos, ou para a Liga das Jovens Alemãs na sua situação, podem ser privadas da presença de seus filhos, que são enviados contra vontade para outros locais. Mesmo eu sendo um oficial da nova Alemanha, não posso descumprir as ordens do Estado. Vou me sentir mais seguro com você na Liga das Jovens.

– Eu entendo papai, vou me dedicar no aprendizado dos princípios nazistas e nas tarefas preparatórias para os cuidados do meu futuro lar.

Wolfgang Schmidt aconchegou a filha junto a si e lhe beijou a fronte.

O automóvel circulou por mais alguns minutos e parou, causando estranheza ao graduado oficial da SS.

Sem muita paciência o pai de Sabine indagou o motorista:

– O que está acontecendo?

– Os batedores pararam senhor, e um deles desceu da motocicleta e foi verificar...

– Só me faltava essa agora. Eu preciso estar logo em Berlim para cumprir meus compromissos!

– Alguma reunião importante, papai?

– Sim filha, o comandante me convocou para uma reunião urgente com o alto comando do exército alemão! Não sei do que se trata, mas preciso viajar ainda hoje para Berlim!

– Ainda bem que Berlim não é tão longe de Moryn!

– É verdade, filha! – Wolfgang falava de maneira impaciente manuseando o quepe oficial que havia tirado da cabeça.

Alguns minutos passaram vagarosamente até que o soldado bateu à janela do motorista e informou:

– Houve um deslizamento devido à grande quantidade de neve da madrugada e a estrada encontra-se interditada...

– Não existe outra forma de prosseguirmos? Preciso deixar Sabine aos cuidados da Liga das Jovens Alemãs e... – Wolfgang falou interrompendo o batedor.

Ajeitando o capacete na cabeça o soldado do lado de fora do veículo olhou para o oficial e disse:

– Lamento senhor, mas seria arriscado sofrermos um acidente indo adiante!

Wolfgang contrariado balançou a cabeça e olhando para a filha lamentou:

– Parece que ainda não é hoje que você vai se mudar para as instalações da Liga.

– Então, vamos voltar para casa, papai?

– Não tem outro jeito, vou te deixar em casa aos cuidados da nossa governanta, ainda bem que posso contar com Ester por mais alguns dias...

– Por que, por mais alguns dias?

Wolfgang procurou desconversar:

– Eu quis dizer, por mais alguns anos.

– Ester cuida de mim desde que nasci, e eu a tenho como uma pessoa da família. Durante todas as suas viagens e ausência sempre me senti protegida por Ester. Eu sei que ela está com certa idade, mas...

Wolfgang interrompeu a filha falando de maneira áspera com o motorista:

– Não dá pra manobrar mais depressa?

– Sim, senhor! – o motorista respondeu amedrontado.

Ele deu dois longos toques na buzina e os batedores, compreendendo a mensagem, aceleraram a manobra.

Sabine percebeu a mudança de comportamento do pai e se calou.

Ela não demonstrava, mas, íntima alegria lhe invadia a alma.

Procurava atender ao pai, mas seu coração estava longe de se encantar com a vida que teria na Liga das Jovens Alemãs.

Recebera notícias de algumas amigas dando conta da vida tediosa e desagradável que se levava por lá.

Não pôde negar que experimentou certo alívio com a interrupção da viagem.

O motorista fez a manobra necessária e os batedores tomaram a frente do carro oficial novamente.

Lentamente, o retorno à Polônia foi iniciado.

INCIDENTE

Uma hora depois...

Nas proximidades de Moryn o veículo foi obrigado a diminuir a velocidade.

A pequena comitiva passava por rua estreita e de repente uma pedra foi atirada no vidro lateral, onde Sabine estava sentada.

O susto foi grande, e ela gritou.

Wolfgang berrou com o motorista, que parou o carro imediatamente.

Diante da situação inusitada, um dos batedores saltou da motocicleta e de arma na mão passou correndo ao lado do carro.

Wolfgang já de arma em punho disse para a filha:

– Fique quieta e espere!

Ele saiu do carro, mas não teve tempo de fechar a porta quando a voz do batedor se fez ouvir:

– Aqui está senhor, peguei-o escondido, foi ele quem atirou a pedra!

Wolfgang, destilando ódio no olhar, pegou com agressividade o colarinho do agasalho esfarrapado do jovem, que não devia ter mais do que a idade de Sabine.

O oficial da SS sacudiu o garoto afirmando:

– Você é judeu, não é seu miserável?

De olhos arregalados o adolescente não sabia o que dizer.

Tomado de fúria, Wolfgang deu um safanão violento no suposto agressor, com isso o paletó maltrapilho se rasgou. Nesse instante, ele viu por debaixo do esfarrapado agasalho a roupa listrada com a estrela amarela, característica dos odiosos prisioneiros judeus.

O oficial da SS empunhou a pistola para atirar quando Sabine segurou sua mão e implorou:

– Papai, não o mate...

Silêncio arrasador envolveu a todos.

Wolfgang ficou paralisado.

Nesse instante, os olhos de Sabine se encontraram nos olhos do jovem que tentava se recompor.

Emoção intensa tocou os dois corações juvenis.

Sabine sentiu seu corpo ser percorrido por intensa energia a se manifestar em forma de arrepio e a lhe percorrer os ombros e as costas.

Igualmente emocionado, o suposto agressor juvenil se deteve paralisado na bela imagem de Sabine.

Aquele rosto não lhe era desconhecido.

Sua mente jovem turbilhonava de imagens sem sentido, contudo emoção imensa abrasava-o intimamente.

O jovem sentiu desejo enorme em abraçá-la e beijar aquele rosto delicado.

A neve caía como melodia a emoldurar aquele encontro.

Wolfgang paralisou o ato agressor e se voltou para a filha.

Ao contemplar os olhos de Sabine ele amenizou a irritação furiosa.

Suas mãos soltaram a roupa do jovem que se sentiu livre naquele momento.

Mais uma vez, Sabine e o jovem judeu pousaram os olhos um no outro.

Breve encantamento...

O garoto, então, olhou para os batedores que se encontravam de armas abaixadas e com agilidade felina pulou para o lado, e de um salto subiu no carro oficial e correu por cima dele em fuga espetacular.

Ante a surpresa, os soldados tentaram se alinhar e engatilhar suas armas, mas o jovem entrou por uma viela e desapareceu pelos becos tão conhecidos por ele.

– Volte para o carro! Wolfgang ordenou a Sabine.

Aliviada pela fuga do rapaz, ela atendeu de pronto ao pedido do pai.

– Vamos para minha casa deixar a minha filha...

Os subordinados atenderam à ordem e a pequena comitiva partiu cortando o cenário gelado e branco do inverno polonês.

No interior do veículo...

– Nunca mais faça isso!

– Perdoe papai...

– Ele jogou a pedra no carro e merecia morrer, seria um judeu a menos a contaminar o mundo.

Sabine preferiu permanecer em silêncio a criar novas discussões.

Em trinta minutos o carro oficial chegou à frente da residência da família Schmidt.

Estranhamente, Wolfgang pediu à filha que esperasse no carro enquanto ele averiguava se estava tudo certo no interior da casa.

Sabine não compreendeu a atitude do pai, mas atendeu ao seu pedido e ficou aguardando.

Wolfgang saiu do carro e após caminhar alguns passos, parou e olhou para trás, a fim de se certificar de que a filha estava no veículo, como ele havia pedido.

Certo disso, ele abriu a larga porta de entrada da sua bela residência e chamou:

– Ester! Ester!

De sala adjacente ele ouviu a voz da fiel governanta e ao verificar que ela ainda estava na casa sentiu certo alívio.

– Pronto, senhor Wolfgang!

– Tudo bem, Ester?

– Sim, senhor... Mas, pelo tempo de demora a viagem a Berlim não aconteceu?

– A tempestade intensa impediu que eu levasse Sabine para Berlim...

– E onde ela está?

– Vou buscá-la...

Ester não compreendeu o comportamento de Wolfgang, mas não se incomodou com aquela postura.

– Mas, minha menina... – ela falou vendo Sabine entrar na grande sala.

As duas se abraçaram e Wolfgang, demonstrando certo desconforto, interrompeu o momento afetuoso entre as duas:

– Preciso ir... Como fui convocado pelo alto comando do exército nazista preciso estar em Berlim ainda hoje, de qualquer jeito.

– Tome cuidado, papai...

– Não se preocupe Sabine, eu posso me expor a uma viagem de risco, por ser obrigado a atender à convocação das forças do Führer, mas não farei isso com você! A Ester vai cuidar de você até eu voltar.

Ele se aproximou da filha e beijou sua fronte saindo em seguida.

Sabine abraçou com mais força o corpo daquela mulher que desde a morte de Anne dedicava-se a cuidar dela.

Ela encostou a cabeça junto ao seio da amorosa mulher e pediu:

– Ester, qual é mesmo aquela frase judaica sobre as mães, que você sempre diz?

Sorrindo amorosamente Ester falou com voz pausada:

– *Deus não poderia estar em todos os lugares, por isso ele criou as mães.*

Sabine respirou fundo e afirmou com ternura na voz:

– E quando as mães vão embora desse mundo, Deus envia mães do coração pra cuidar dos órfãos.

Ester sorriu e beijou o rosto de Sabine.

– Vou preparar alguma coisa para você comer...

– Antes disso, você pode declamar um Salmo pra mim?

– Posso sim, os Salmos de Davi acolhem o coração da gente nos momentos mais difíceis...

Ester fez breve pausa como a remexer em sua memória e em poucos segundos pareceu ter encontrado o Salmo indicado para aquele momento, pois seu rosto iluminou-se e com voz suave a servidora judaica falou com emoção:

> *Os que confiam no SENHOR serão como o monte de Sião, que não se abala, mas permanece para sempre. Assim como estão os montes à roda de Jerusalém, assim o Senhor está em volta do seu povo desde agora e para sempre. Porque o cetro da impiedade não permanecerá sobre a sorte dos justos, para que o justo não estenda as suas mãos para a iniquidade. Faze bem, ó Senhor, aos bons e aos que são retos de coração. Quanto àqueles que se desviam para os seus caminhos tortuosos, levá-los-á o SENHOR com os que praticam a maldade; paz haverá sobre Israel.*
>
> SALMOS 125:1-5

– Que bonito, Ester! Você conhece todos os Salmos?

– Alguns, minha menina... Agora vamos comer alguma coisa, pois hoje o dia está frio demais.

Ester saiu da grande sala, e a imagem daquele garoto do caminho de volta para casa retornou à mente de Sabine.

– De onde eu conheço aquele rosto? – ela se indagava em voz alta.

INÍCIO DAS LUTAS

O dia se arrastou lentamente com frio intenso, e a noite chegou com aumento da nevasca.

Após os cuidados rotineiros que Ester sempre tinha com Sabine, a porta do quarto foi fechada e a jovem adormeceu.

No meio da madrugada Sabine despertou angustiada, pois havia sonhado com o jovem judeu.

Após uma hora, aproximadamente, tornou a dormir e novamente sonhou com aquele jovem, e por mais esforço que fizesse não lograva tirá-lo de sua mente.

Os cabelos castanho-claros e encaracolados adornavam-lhe o rosto fino e apesar de jovem ele tinha a sua virilidade pronunciada.

Sabine não se esquecia dos mínimos detalhes e por mais que desejasse, não conseguia esquecer os traços marcantes do jovem fugitivo.

Por sua vez, ela era muito graciosa, seus cabelos loiros brilhavam à luz do sol. Lisos e bem cortados desciam-lhe pelos ombros, como cachoeira brilhante dando-lhe vida à pele clara. Os olhos azuis bem pronunciados, de safirina beleza, eram arredondados e ofereciam-lhe uma beleza de certa forma exótica, mas nem assim seu perfil deixava de transparecer a condição predominante da raça ariana.

Lentamente, ela despertou, espreguiçando-se devagar.

Olhou para o teto e esfregou os olhos.

Decidiu se levantar. Colocou um confortável calçado forrado de lã e caminhou para a janela.

Antes consultou o relógio: 9h da manhã indicavam os ponteiros na parede.

Ela puxou as cortinas da janela e as segurou com a mão direita, contemplou o céu e sorriu.

A neve havia cessado e um raio de luz solar escapava pela fresta das nuvens descendo à Terra como foco luminoso e aquecido.

Sua casa era cercada por grandes árvores e, naquele momento, Sabine passeava seu olhar por entre elas, quando repentinamente viu um vulto esgueirando-se em meio às árvores.

Ela fixou bem mais os olhos e sentindo-se confusa, não conseguiu ver mais nada.

Imediatamente, ela cerrou a cortina e indagou intimamente se não tinha se confundido.

Sabine foi interrompida em seus pensamentos por Ester que batia à porta com carinho.

– Pode entrar, Ester...

– Bom dia, minha princesa!

Sabine caminhou até Ester e a beijou na face carinhosamente.

– Dormiu bem?

–Mais ou menos...

– Como mais ou menos? Ou se dorme bem ou não se dorme bem! Por acaso, dormiu com um olho aberto e outro fechado?

A jovem sorriu com as palavras da governanta e respondeu:

– Eu acordei de madrugada e demorei a adormecer novamente.

– Mas, o que a está preocupando? É seu pai?

– Sim... Papai também...

– Como, papai também? O que mais pode estar passando dentro dessa cabecinha?

– Eu...

– Não confia mais em mim?

– Claro que confio, Ester!

Ester se sentou em poltrona próxima à janela e perguntou:

– Não deseja abrir seu coração?

Sabine olhou para aquela mulher tão amiga que a conhecia muito bem.

– Quero contar sim...

E sem esconder um só detalhe ela narrou tudo...

– E quando eu olhei nos olhos dele parece que perdi a paz lá dentro...

– Hummmm!

– E essa noite eu sonhei com ele!

– Acho que você está descobrindo as coisas que entram no coração da gente sem pedir licença para entrar.

– Como assim, Ester?

– Essa é a parte mais complicada da vida, pois existem pessoas que entram em nosso coração como se sempre tivessem a chave. Abrem a porta da gente e vêm morar dentro de nós. E o pior de tudo é que algumas pessoas entram e saem e partem depois que estamos acostumados a senti-las dentro da gente.

– O que você quer dizer com isso, Ester?

– Estou falando de amor, de gostar muito de alguém! Mas esse seu amor é proibido, não se esqueça! Você é filha de um oficial alemão e jamais seu pai permitiria um envolvimento seu com esse garoto. Se seu pai descobre vai caçá-lo até enviar o garoto para a câmara de gás. Se é que a essas horas ele já não foi!

– Ester, eu não acredito que meu pai faça isso!

A governanta baixou os olhos e ficou em silêncio.

Delicadamente, ela mudou de assunto:

– Eu vou precisar sair de casa hoje, pois precisamos de algumas coisas, a exemplo do açúcar que já acabou.

– Mas, os soldados não vêm trazer?

– A última cota que eles trouxeram foi metade da que normalmente usamos. Como os soldados só retornam na próxima semana, até lá não teremos açúcar suficiente para as coisas básicas. Seu pai me deixou alguns tickets e eu posso ir direto ao comando militar retirar o que precisamos. Não vou levar mais do que duas horas para ir e voltar.

– Eu posso ir com você?

– De jeito nenhum, muitos poloneses estão revoltados com a ocupação. Não esqueça que você é filha de um oficial da SS. Não convém que se exponha.

Sabine se resignou fazendo silêncio.

– Agora se troque e desça para tomar seu café.

A jovem compreendeu a situação, passando a se preparar para o café da manhã.

Minutos depois...

Sabine desceu as escadas ajeitando os cabelos e se dirigindo para a copa.

Surpreendeu-se ao ouvir alguns soluços vindos do escritório de seu pai.

Com cuidado, ela seguiu passo a passo sem fazer barulho.

A porta entreaberta permitiu que ouvisse as notícias do rádio de seu pai que Ester havia ligado.

O locutor afirmava, entusiasmado, que os judeus seriam varridos do território alemão.

Ester ouvia aquilo e se estarrecia de pavor, pois tinha notícias de que muitas pessoas queridas, radicadas na Polônia, haviam sido mortas nos campos de concentração.

Sabine não tinha acesso às notícias, uma vez que seu pai a tinha proibido de ligar o rádio do escritório.

Rapidamente, ela se afastou da porta e subiu novamente as escadas, dessa vez descendo e fazendo muito barulho, para ser ouvida por Ester.

No interior do escritório, Ester, percebendo a aproximação de Sabine desligou o rádio, secando rapidamente as lágrimas, de modo que a menina não notasse.

– O café está pronto? – Sabine indagou ainda da escada.

– Sim... Sim... Venha, minha menina...

Sabine entrou na copa e evitou olhar para Ester, pois não queria constrangê-la por ter chorado.

Enquanto Ester se aprontava para sair, a jovem fez sua refeição pensativa.

Em poucos minutos, Ester se aproximou e avisou:

– Minha princesa, eu já estou indo, não se preocupe, pois não vou demorar...

Sabine se aproximou da governanta e a abraçou com o carinho filial de sempre.

Ester, delicadamente, segurou o rosto de Sabine entre as mãos e disse:

– Eu te amo muito como minha única e verdadeira filha. A filha que Deus me deu para cuidar aqui na Terra... Não se esqueça disso!

– Me deixe ir com você?

– De jeito nenhum, é perigoso para você. Têm muitos poloneses à espreita para se vingar dos alemães. A ronda dos soldados alemães passou agora há pouco aqui em frente de casa. Você sabe que a cada hora soldados percorrem essa região e vêm aqui saber se está tudo bem, por ordem do seu pai. Fique tranquila que você está segura, eu não demoro a voltar...

– Tudo bem! Eu espero!

Ester partiu.

Após alguns minutos, indecisa sobre o que fazer, Sabine dirigiu-se ao piano e executou algumas peças musicais. Desde a infância Wolfgang exigia da filha o aprendizado do belo instrumento musical.

O som, por meio das notas musicais, invadiu a casa feito perfume. Wolfgang sempre dizia que a música perfumava a alma.

Ela nem percebeu, mas passou bom tempo ao piano.

Assim que parou de tocar, a menina dirigiu-se ao escritório do pai, a fim de ligar o rádio e ouvir mais notícias a respeito do que realmente estava acontecendo no mundo.

O rádio estava guardado dentro de um móvel de madeira grossa e rústica.

Ela tentou abrir, mas não conseguiu, pois estava com cadeado.

Frustrada, resolveu subir para o quarto e ler.

Nesse momento, alguém bateu à porta.

As batidas eram vigorosas e insistentes.

Ela caminhou até a sala e com cuidado observou pelo vão das cortinas.

Era a guarda alemã em sua ronda rotineira.

Se ela não respondesse eles não iriam embora, pois essa era a ordem do seu pai.

Sabine se ajeitou e com cuidado abriu a porta de maneira a permitir que apenas uma fresta lhe permitisse aparecer para o soldado.

– Pois, não... – Ela falou com educação.

– Está tudo bem, senhorita?

– Sim... – Ela respondeu – Está tudo bem!

– Estamos em nossa ronda de rotina e pedimos para nos avisar em caso de alguma dificuldade. Aqui está um apito que deve ser tocado para nos chamar. A partir de hoje nosso patrulhamento se dá nesse lugar sem veículos automotores. Estamos sempre nas imediações. Basta apitar que atendemos imediatamente.

Sabine precisou abrir a porta para pegar o apito, e ela o fez com certo receio.

O soldado entregou o apito e respeitosamente se retirou.

Ela fechou a porta e subiu para o quarto.

O relógio parecia andar depressa, pois fazia duas horas que Ester havia saído e nada de voltar.

A jovem tentou se ocupar para não se preocupar, mas os pensamentos tranquilos começaram a ser atropelados por sentimentos de medo e inquietação.

Três horas... Quatro horas...

Sabine começou a entrar em pânico.

O que fazer?

Cinco horas... A tarde ia passando e a noite se aproximava.

Ela passou a iluminar a casa, ascendendo as luzes, como de costume.

A ronda dos soldados alemães prosseguiu, e ela continuou afirmando que tudo estava bem.

Pensou no pai... Pensou na mãe... Pensou no jovem judeu...

MEDO

Sabine foi até o quarto de Ester e se sentou na cama olhando para todos os detalhes.

Então, ela viu no velho criado mudo o "grande" livro tendo um lenço como marcador de páginas.

Tomou o livro em suas mãos e o aconchegou ao peito.

A menina chegou até mesmo a sentir o cheiro característico de Ester.

Na página marcada pelo lenço ela leu: Salmo 57.

> *Tem misericórdia de mim, ó Deus, tem misericórdia de mim, porque a minha alma confia em ti; e à sombra das tuas asas me abrigo, até que passem as calamidades. Clamarei ao Deus altíssimo, ao Deus que por mim tudo executa. Ele enviará desde os céus, e me salvará do desprezo daquele que procurava devorar-me. (Selá.) Deus enviará a sua misericórdia e a sua verdade...*
>
> SALMOS 57:1-11

Sabine leu aquelas palavras que lhe tocaram o coração e emocionou-se profundamente.

Ante o medo que ameaçava lhe dominar experimentou certo conforto com a leitura do Salmo.

Não conseguiu entender, mas de alguma forma sentiu a presença de Ester ali ao seu lado.

Fechou os olhos e respirou fundo.

Decidiu subir para o quarto, tomou o velho livro e o levou consigo.

Recostou-se na cama, mas não conseguia dormir.

As horas se prolongavam angustiosamente.

Duas horas da manhã...

Três horas da manhã...

Sabine decidiu descer para tomar um copo de leite.

No momento em que descia as escadas se assustou, pois em uma das janelas da grande sala focos de lanterna procuravam invadir o interior da casa por meio de dois vultos que os sustentavam.

Tremendo de medo Sabine parou no degrau que estava e ouviu uma voz dizendo:

– Parece estar tudo bem por aqui... A menina e a governanta devem estar dormindo, sigamos com a ronda.

Ela respirou aliviada com a constatação de que tudo estava bem.

Na cozinha, pegou um copo de leite e, fragilizada, chorou por tudo o que estava vivendo.

Surpreendentemente, a imagem do garoto judeu surgiu em sua mente e ela disse em voz alta:

– Por que você veio morar dentro de mim?

Após ingerir o leite, Sabine voltou para o piso superior da casa e se ajeitou na cama.

A mente atormentada foi invadida por centenas de pensamentos aflitivos.

Medo, angústia, insegurança...

E pensava:

Devo contar o que está acontecendo para os soldados?

– Não vou fazer isso, vou esperar mais... – tentava se convencer de que seria a melhor forma de agir, naquele momento, falando em voz alta.

Cinco horas da manhã...

Ela adormeceu sentada.

Depois de passado um tempo, que ela não podia precisar, despertou com dores no pescoço devido à posição que tinha dormido.

Espreguiçou-se e foi até a janela.

– Voltou a nevar... – comentou.

Percorreu a paisagem com seu olhar entristecido.

Grande angústia e medo avassalador tomaram o seu coração.

Se ao menos soubesse onde papai está! Vou esperar só mais esse dia. Se Ester não voltar contarei aos soldados e eles me levarão até papai, no quartel.

Tomada essa resolução ela se banhou e procurou algo para comer.

Em poucos minutos, estava na cozinha preparando ovos mexidos com um pedaço de pão.

Nesse momento, ela ouviu algumas batidas na porta.

Decidiu olhar pela cortina, tentando descobrir quem era.

Devem ser os soldados da ronda. Pelo menos uma ou duas vezes por dia eles param pra perguntar se está tudo bem. – pensava sem sobressalto.

Sim, eram eles.

Ela abriu a porta sem medo e o ritual de perguntas acerca da normalidade se repetiu.

Cordialmente, os soldados alemães se despediram e partiram.

Sabine retornou ao preparo dos ovos mexidos, pois estava faminta.

Deu a primeira mordida no pão e novas batidas na porta.

O que foi dessa vez? – ela pensou e caminhou até a porta sem olhar pela janela para confirmar se eram de fato os soldados.

Sem preocupação ela abriu a porta.

E o susto foi grande.

Suas pernas tremeram e seus olhos ficaram com brilho de encanto.

Era o jovem judeu, que tinha atirado a pedra no vidro do carro.

Sabine ficou paralisada diante daquele olhar brilhante.

Sentiu profunda emoção.

O coração deu saltos dentro do peito, parecia pular, saltar.

Os segundos demoraram a passar no deslindar dos sentimentos que se evidenciavam pela emoção de ambos.

Então, ele rompeu o silêncio:

– Preciso falar com você!

Automaticamente, ela balançou a cabeça positivamente.

Ele olhou para os lados e disse:

– Não podemos ficar parados aqui na porta, os soldados podem voltar e me prender!

– Entre... – ela balbuciou.

– Tenho notícias de Ester...

O nome de Ester fez com que Sabine retornasse à realidade.

– O que aconteceu com ela? Por favor, me diga...

– Ela foi pega e levada para o campo... – ele falou sem medir as palavras.

A notícia foi recebida com impacto devastador pela alma da jovem alemã.

– Não pode ser!

– Foi ontem, logo depois que saiu daqui!

– Mas, não pode ser...

– Pode ser e aconteceu de verdade. Eu vi... Lamento...

– Como você viu? Quem é você pra invadir minha vida, atirar pedra no carro e ainda me dizer essas coisas?

Ele abaixou os olhos por um momento e falou surpreendendo-a:

– Me chamo Bartinik! Não fui eu quem atirou a pedra no carro. Foi uma amiga minha, a Ewa. Quando tudo ocorreu e o batedor percebeu o que havia acontecido, eu me deixei apanhar de propósito pra que Ewa fugisse.

Então, ele fixou o olhar nos olhos dela e falou com grande ternura na voz: – Eu não me arrependo por ter sido pego naquele dia, foi a melhor coisa que me aconteceu desde que a Polônia foi invadida.

– E como você viu Ester ser presa?

Ele respirou fundo e falou sem receio após breve pausa:

– Eu estava passando por aqui quando a vi sair. Acompanhei-a por alguns minutos, e bem aqui perto presenciei o momento em que uma viatura do exército a levou com eles.

Dois corações

Uma pausa se estabeleceu na conversa dos dois jovens e por alguns minutos ninguém se pronunciou.

De repente um sobressalto, e algumas batidas fortes e persistentes na porta de entrada.

Sabine hesitou com medo.

Bartinik olhou para ela como a pedir proteção, pois se os soldados o pegassem, certamente seu destino seria o campo de concentração e a câmara de gás.

Parecendo despertar das dores de tão tristes notícias, ela apontou a escada e com um sinal pediu para que ele subisse.

Imediatamente, Bartinik subiu escondendo-se no quarto de Sabine.

A jovem, um tanto nervosa, olhou pela cortina e identificou os soldados rondantes.

Ela abriu a porta sorrindo.

– Está tudo bem, Senhorita?

Ao mesmo tempo em que indagava, o soldado olhou por cima dos ombros de Sabine e percorreu o ambiente com um olhar investigador.

– Está tudo bem, sim! Ela respondeu, já puxando a porta para fechar.

– Um momento, por favor! Estamos preocupados, pois desconfiamos que alguns jovens judeus-poloneses estão rondando as casas vizinhas.

Sabine ficou receosa com aquelas palavras e o soldado prosseguiu:

– Mantenha o apito junto à senhorita e qualquer dificuldade não hesite em nos chamar! Se observar qualquer movimento suspeito nos avise...

– Posso fazer uma pergunta? – ela falou interrompendo o rondante.

– Pois não, senhorita...

– Algum desses jovens já foi identificado?

– Não temos informações a esse respeito...

– Obrigado, soldado! Se eu notar qualquer movimento suspeito aviso no mesmo instante!

O soldado sorriu meneando a cabeça positivamente e se retirou.

Sabine fechou a porta e, encostando-se a ela, respirou aliviada.

Em sua mente passaram milhares de pensamentos. Imensa tristeza invadiu seu coração e grossas lágrimas banharam seu rosto.

A imagem de Ester visitou sua mente e por um momento ela pensou ouvir a voz daquela doce mulher a lhe dizer:

– *Mantenha a calma... Eu estarei sempre ao seu lado...*

Pensando ser vítima de alguma confusão ela balançou a cabeça de um lado para outro, como se desejasse colocar as ideias no lugar.

Sua mente tornou à realidade quando se lembrou de Bartinik, ainda escondido lá em cima.

Rapidamente, ela subiu os degraus e chamou baixinho pelo nome dele:

– Bartinik... Bartinik...

Como o primeiro quarto à sua direita era o do seu pai, ela adentrou primeiramente a ele e procurou pelo garoto.

Não o encontrou.

Nos dois quartos de hóspedes ele também não estava.

Ela, então, foi para o próprio quarto e após chamá-lo com tom reduzido de voz, ouviu um barulho embaixo da sua cama.

Bartinik se arrastou saindo do esconderijo e surgiu diante de seus olhos.

– Ele já foi?

– Já... Mas, estão à procura de alguns jovens judeus-poloneses, parece que sabem de você e seus amigos. Você andou rondando a minha casa nesses dias?

Bartinik sorriu como se acabasse de ser pego em flagrante. Um tanto sem graça falou, fixando os belos olhos azuis de Sabine.

– Sim... Eu venho rondando sua casa desde aquele dia em que seu pai me pegou...

Sabine ficou desconcertada e corada com as palavras daquele garoto.

– E posso saber por quê?

– Eu também não sei explicar, mas depois daquele dia, parece que você "entrou dentro de mim"...

Ela corou ainda mais, surpreendendo-se com as palavras dele tão identificadas com as suas.

Novo silêncio se estabeleceu e ele disse em seguida:

– Bem... Eu vou indo embora...

Dizendo isso, ele desceu as escadas e se encaminhou para a porta.

O coração dela quase saiu pela boca atrás do coração dele. Uma força estranha parecia empurrá-la para contê-lo na partida.

Assim que ele pegou na maçaneta ela falou do alto da escada:

– Por favor, fique mais um pouco...

Vagarosamente, ele se voltou e contemplou toda aquela beleza como um sol a brilhar no topo da escada.

Ela desceu a escada e convidou:

– Venha, vamos comer alguma coisa...

Bartinik não disse nada, mas a acompanhou com ar de felicidade.

Naquele instante, os dois jovens corações falaram na mudez das vozes.

Revelações

Sabine pegou duas grandes canecas para colocar o leite.

Bartinik acompanhou em silêncio todos os movimentos dela.

Enquanto o leite aquecia, ela apanhava um pote de vidro com biscoitos e o colocava sobre a mesa.

Ele arregalou os olhos, pois estava com muita fome, desde o dia anterior que não se alimentava.

– Pode comer! – Sabine falou, vendo os olhos do garoto que não desgrudavam do pote.

Imediatamente, ele pegou o pote e o abriu, enchendo a boca de biscoitos.

– Você estava sem comer?

De boca cheia, ele fez sinal com a mão para que ela o esperasse terminar a mastigação.

– Hummm... Desde ontem não me alimento...

– Onde você mora?

– No mundo...

– Não tem casa?

– Desde que os alemães invadiram a Polônia eu não tenho mais endereço.

– E família? Onde está sua família?

O olhar de Bartinik brilhou com as lágrimas que inundaram seus olhos.

Sabine sentiu o coração apertar.

– Me perdoe... Eu não devia ter perguntado...

Com o dorso da mão direita Bartinik secou as lágrimas que insistiam em rolar.

– Meus pais foram mortos pelos nazistas...

Ela se envergonhou, e a dura realidade da guerra parecia finalmente entrar em seu mundo.

Até aquele momento, ela ouvia falar vagamente de coisas que aconteciam, mas não tinha a menor ideia de que coisas terríveis, como aquelas, estavam realmente acontecendo.

Foram muitas as oportunidades em que Sabine questionou seu pai acerca de sua função no governo alemão e o porquê daquela guerra.

Tentou arrancar alguma informação de Ester, mas ela sempre dava respostas evasivas, devia ser por ordem de Wolfgang Schmidt, seu pai.

E agora ela estava ali diante da dura realidade, da dor que roubava os sonhos de garotos como aquele à sua frente.

Ela retornava dos seus pensamentos quando Bartinik falou espontaneamente:

– Quando a Polônia foi invadida, meus pais foram retirados de casa e enviados para o campo de extermínio. Eu fugi e desde, então, tenho vivido de esconderijo em esconderijo. Junto com Ewa, Anninka e Oton.

De repente, ele ficou mudo considerando ter falado demais.

Sabine, percebendo o receio estampado no rosto dele e desconcertada falou:

– Não precisa ter medo, eu nunca vou contar pra ninguém o que estou ouvindo de você!

– É melhor eu ir embora...

Dizendo isso, Bartinik caminhou para a porta e ao segurar a maçaneta, antes que ele pudesse abrir, algumas batidas fortes ecoaram na grande sala.

Imediatamente, ele recuou atordoado.

Sabine foi até ele e tomou sua mão conduzindo-o ao escritório de seu pai.

Após deixá-lo em segurança, correu para a porta sem ao menos se certificar de quem se tratava.

Abriu a porta e levou outro susto.

Diante dela estavam três jovens – duas garotas e um garoto tremendo de frio.

Uma garota ruiva com sardas pelo rosto e belos olhos azuis adiantou-se e indagou:

– Sabemos que o Bartinik está aqui, você pode chamá-lo?

Os outros jovens em atitude receosa olharam para todos os lados.

Sabine identificou naquele trio os amigos de Bartinik e pediu para que eles entrassem.

Imediatamente, o trio atendeu.

Ela fechou a porta e os levou para a cozinha.

O leite ainda estava quente. Após apanhar três canecas e colocar mais biscoitos sobre a mesa, Sabine os serviu.

Ewa, a garota com sardas, olhou um tanto desconfiada enquanto Sabine se afastava dizendo:

– Vou chamar Bartinik!

Rapidamente, ela retornou acompanhada pelo jovem.

– Vocês aqui?

– Estava muito frio e a gente não conseguiu encontrar um lugar seguro pra se esconder. Pela sua demora resolvemos arriscar. – Oton falou, enchendo a boca de biscoitos.

– Ela é de confiança? – Anninka perguntou, apontando Sabine.

– Devo minha vida a ela! No dia em que Ewa atirou a pedra no carro oficial, foi essa garota que pediu ao pai para me poupar.

– Mas, ela é filha de um oficial da SS, o mesmo que prendeu e matou nossos familiares no campo de concentração. – Ewa falou com revolta na voz. – Será que podemos confiar de verdade nessa alemãzinha?

– Eu garanto... Sabine é de confiança, salvou minha vida e ainda hoje quando os soldados bateram à porta ela novamente me protegeu. E se ela quisesse poderia ter me entregado. E parece que quando vocês bateram na porta ela não teve receio em convidá-los a entrar. É verdade?

Os três jovens recém-chegados silenciaram diante das palavras de Bartinik.

Fez-se breve silêncio que Sabine interrompeu, dizendo:

– Sei que vocês têm razão para desconfiar de mim, mas gostaria de ajudá-los...

– E como você pode fazer isso? – Ewa indagou ainda desconfiada.

– Quero convidar vocês pra ficarem aqui, se isso vai ajudá-los de alguma maneira!

– Já está anoitecendo e não temos outra saída. – Anninka afirmou conformada.

– Anninka tem razão, não temos outra opção! – Oton concordou balançando a cabeça.

– Todos concordam? – Bartinik perguntou olhando diretamente para Ewa que não havia se manifestado.

Após alguns segundos, Ewa falou um tanto contrariada:

– Por mim tudo bem, mas apenas essa noite! Amanhã a gente parte para Varsóvia.

– Não sei não... – Oton comentou.

– Por que, não sei não? – Ewa disparou.

– As notícias que chegam da capital dão conta de que os alemães estão dominando toda capital e que a matança por lá só aumenta. – Anninka disse com tristeza.

– Em Varsóvia não teremos muita chance para escapar da Polônia... – Bartinik disse em tom de alerta.

– Vocês podem ficar aqui o quanto quiserem, só precisamos ficar atentos por causa do meu pai, não sei onde ele está ou se pode voltar a qualquer momento, ou mesmo se vai voltar. Ele nunca me deixou sem notícias, toda essa situação é muito estranha pra mim.

– Situação estranha é a nossa, quatro jovens judeus-poloneses nas mãos de uma alemãzinha! – Ewa comentou com ironia.

– A Sabine já deu provas o suficiente que devemos confiar nela. Todos concordam?

– Eu concordo... – Anninka afirmou sorrindo.

– Eu também... – Oton disse com simpatia.

– E você Ewa? – questionou Bartinik.

– Tudo bem... – ela falou relutante.

– Não temos açúcar, mas temos outras coisas, então vamos preparar algo pra vocês comerem, acho que estão com fome!

– Estamos sim, Sabine. Vamos, eu te ajudo! – Anninka se ofereceu.

As garotas usavam roupas surradas e maltrapilhas.

– Tenho muitas roupas e gostaria de oferecer a vocês duas. Querem? – Sabine ofertou com simpatia.

– Eu aceito, essa roupa está imunda! – Anninka sorriu com a oferta.

Ewa, se deixando levar pela vaidade feminina, finalmente sorriu e respondeu:

– Eu também aceito!

– Ótimo! – Sabine alegrou-se.

– Só não podemos sair pela casa acendendo todas as luzes e dando pistas aos soldados que a casa está movimentada! – Oton alertou.

– O Oton tem razão, pessoal! Vamos agir com cuidado! Se eles desconfiarem estamos todos perdidos! – Bartinik afirmou receoso.

– Eu vou levar as duas para o meu quarto onde elas poderão se banhar e trocar de roupa. Depois disso, vamos até a cozinha e preparamos a comida.

– Certo Sabine. Eu e o Oton ficaremos aqui e vamos verificar a forração das cortinas pra que ninguém possa espiar pelo lado de fora.

As três garotas subiram enquanto Bartinik e Oton percorriam a casa inspecionando as janelas.

Mais lutas

Anninka e Ewa desceram a escada e provocaram olhares curiosos em Bartinik e Oton.

Os dois se surpreenderam com a beleza das duas, que com as roupas de Sabine ficaram femininas e atraentes.

Logo depois, Sabine desceu a escada com seus cabelos brilhantes e seus olhos intensos.

Na cozinha...

– Todos vocês perderam a família?

Batidas na porta interromperam a conversa entre eles.

Bartinik apagou a luz e pediu a Sabine que verificasse quem era e atender se fosse possível.

Todos ficaram à espreita enquanto a jovem alemã se encaminhou para a sala.

Mais uma vez o ritual de olhar através das cortinas.

Estranhamente, ela verificou que na porta estavam três soldados alemães.

Receosa, ela caminhou até a porta e a abriu com cuidado colocando apenas o rosto em pequena fresta.

– Aconteceu alguma coisa? – ela indagou temerosa.

– Ronda de rotina senhorita, está tudo bem?

– Sim... Sim... Está tudo bem!

– E a sua governanta?

Ela se surpreendeu com a pergunta, mas respondeu:

– Ester está bem, algum problema? – ela questionou com coragem.

– Não senhorita, tudo está certo... Tenha uma boa noite, e qualquer coisa basta tocar o apito.

Sabine fechou a porta e se certificou de que a mesma estava bem trancada.

Chegando à cozinha ela falou aos novos amigos:

– Achei estranho o soldado perguntar de Ester... Será possível que esses soldados não saibam que ela foi pega?

– Isso pode acontecer sim. Os soldados que pegaram Ester não são os mesmos que fazem a ronda aqui. – Bartinik explicou.

– E tem outra coisa, eles matam tantos judeus por dia, que não têm tempo de olhar pra cara de suas vítimas. – Ewa afirmou com revolta na voz.

Por um bom tempo todos se mantiveram em silêncio.

Anninka, Sabine e Ewa prepararam um caldo grosso de legumes que borbulhava em grande panela emanando aroma apetitoso para os estômagos famintos.

A mesa foi posta e todos se sentaram.

– Podemos fazer uma oração? – indagou Ewa. – Afinal de contas, faz tanto tempo que não comemos um banquete como esse e em segurança.

– É verdade! – Anninka concordou.

– Eu posso ler um salmo? – Sabine se ofereceu.

– Você, lendo um salmo? – Bartinik estranhou.

– Ester sempre leu muitos salmos pra mim. E muitas vezes eu a peguei em seu quarto fazendo leitura desses salmos tão lindos.

Os quatro jovens se entreolharam e Ewa perguntou:

– E você, tem esses salmos?

– Estou com o livro de Ester, vou buscar!

Sabine se ausentou, mas rapidamente retornou com o livro velho nas mãos.

– Aqui está... Posso escolher?

– Abra o livro ao acaso e veremos o que Deus quer nos dizer! – Anninka pediu.

– Tudo bem, eu farei isso! – Sabine fechou os olhos e abriu o livro de salmos lendo:

> *Dai ao SENHOR, ó filhos dos poderosos, dai ao SENHOR glória e força.*
>
> *Dai ao Senhor a glória devida ao seu nome, adorai o Senhor na beleza da santidade.*
>
> *(...) O Senhor dará força ao seu povo; o Senhor abençoará o seu povo com paz.*
>
> SALMOS 29:1-11

– Que seja feita a vontade de Deus! – Bartinik falou respeitoso.

– Assim seja... – Oton complementou.

Sabine ficou olhando para aqueles quatro jovens à sua frente e a fé deles emocionou a jovem.

De certa forma, as noções de fé e religiosidade que ela possuía tinham sido dadas por Ester.

De seu pai Sabine nunca recebeu ensinamento algum que falasse de Deus, dessa força divina que tantos falam, mas que ela nunca soube o que era de fato.

Mas, Ester sempre lhe dizia que o Senhor Deus era justo e bom e que deveríamos confiar Nele.

Um sentimento de vergonha tomou conta dela, por saber que seu povo oprimia outro povo.

Doía-lhe pensar que seu pai era um dos oficiais da máquina nazista.

Embora não sentisse raiva do pai, certo desconforto ganhava força em seu coração.

Durante a alimentação, ela trocou olhares intensos com Bartinik.

O silêncio do momento foi quebrado pela pergunta de Ewa:

– Hoje estamos nos alimentando e temos uma cama para dormir, mas e amanhã? O que faremos?

– Vamos aproveitar a oportunidade e repor nossas forças para fugirmos da Polônia. Acredito que esse é o momento de tentarmos!

– Concordo com Bartinik! – Oton afirmou com firmeza na voz.

– Mas nós vamos pra onde, de que maneira? – Anninka questionou. – Se os russos também invadiram o lado oeste do nosso país.

Bartinik e Oton ficaram sem saber o que dizer.

– Se ficarmos aqui seremos mortos, é melhor tentar sair do país para a Suécia. – Anninka apresentou a solução.

– É uma loucura tudo isso, mas não podemos ficar aqui pra morrer! – Ewa afirmou resignada com a sorte delas e dos amigos.

– Eu vou tentar ajudar vocês... – Sabine disse confiante.

– Como você pode nos ajudar? – Bartinik indagou.

– Ainda não sei, mas vou tentar... Primeiro precisamos garantir que vocês fiquem em segurança até que a fuga aconteça.

– A Sabine está certa, precisamos dar um passo de cada vez. Ela já está ajudando bastante nos dando proteção. Não se esqueçam de que estamos na casa de um oficial da SS e foi a filha dele que nos recolheu. Com o frio que vem fazendo e nas condições em que estávamos, certamente, iríamos morrer na mão dos alemães ou de frio, jogados na rua. Conseguimos o principal para sobreviver com um pouco mais de segurança e esperança. Agora vamos nos manter unidos e pensar juntos em nossa fuga pra Suécia. – Anninka falou com coragem, alertando os amigos.

– Concordo Anninka, você tem toda razão, precisamos mesmo nos alegrar com o que temos hoje. Vocês sabem que outros jovens poloneses não tiveram a mesma sorte! – Ewa afirmou com convicção.

– Vocês lembram do Haskel? Oton indagou.

– Lembro sim, lá da escola! – Bartinik confirmou.

– É o filho do farmacêutico. Assim que os alemães entraram em nossa cidade o pai dele foi um dos primeiros a ser morto. Eles queriam a cota de medicação da farmácia, e o Haskel que deve ter a nossa idade foi defender o pai. Na mesma hora foi preso e surrado pelos soldados.

– E o que aconteceu com ele, Oton? – Ewa questionou curiosa.

– Ele apanhou tanto que ficou com a cabeça na Lua, não falava mais nada que tivesse lógica. Enlouqueceu... Depois desse fato, nunca mais soubemos nada dele. E vou contar uma coisa pra vocês. Haskel era um dos melhores alunos da nossa turma. Eu estudava com ele...

Após as palavras de Oton, todos emudeceram pensativos.

HISTÓRIA DE AMOR

Todos estavam muito cansados, e pela primeira vez em alguns meses eles iriam dormir com mais tranquilidade.

Após a refeição, Ewa e Anninka pediram para descansar.

Sabine direcionou os garotos para um dos quartos de hóspede, e Ewa e Anninka ficam no outro quarto.

Oton, pensando naquela situação, comentou com Bartinik:

– Hoje vamos dormir com os alemães tomando conta da gente, não precisamos nos preocupar.

– É verdade Oton, por mais estranho que pareça é verdade...

Todos subiram para os quartos, e Bartinik sentou-se na sala e ficou pensando em uma saída para aquela situação.

A luz foi apagada e ele permaneceu ali em silêncio, apenas com a luminosidade vinda do exterior. Mergulhado em seus pensamentos, não percebeu Sabine descendo a escada e passando em direção à cozinha.

Ela tomou um pouco de água e de retorno à escada viu Bartinik ali sentado.

– Preocupado?

Ele se surpreendeu com a indagação, mas foi tomado de alegria ao vê-la tão próxima.

– Não tenho como não me preocupar. Nossa situação é de muito risco, gostaria de levar o grupo em segurança para outro lugar! Somos tão jovens para morrer!

– Você tem razão! Quero muito ajudar vocês! Conhecer seus amigos foi muito bom pra que eu acordasse. Meu pai e Ester me mantinham longe de todas as informações. Até bem pouco tempo, eu estava totalmente alienada, nem imaginava que meu povo estivesse cometendo esse assassinato em massa! Tenho vergonha de tudo isso! E pensar que estava indo para a Liga das Jovens Alemãs dias atrás.

– Não se culpe. Você não pode carregar todo peso da Alemanha nas costas. Da mesma maneira que você, muitos jovens alemães não concordam com essa matança, mas não podem fazer muita coisa.

– Mas, nós podemos nos rebelar contra tudo isso! Pelo menos a partir de agora eu vou fazer a minha parte.

Enquanto falava, Sabine se aproximou e sentou-se ao lado dele.

Ela silenciou e ele também.

O silêncio era muito grande naquele instante.

Lado a lado eles podiam ouvir a respiração um do outro.

Sabine respirava sofregamente.

Bartinik tentava não demonstrar nervosismo ou ansiedade.

Um foco de luz vindo da parte exterior da casa iluminava o perfil dos rostos jovens.

O cabelo de Sabine brilhava pela luz que parecia acarinhar os longos fios dourados.

Os ombros se tocaram levemente, e após alguns instantes ele propositadamente encostou a perna esquerda na perna direita dela.

Ambos os corpos foram percorridos de modo eletrizante pelo amor que principiava a correr-lhes pela alma e pelas veias.

As mãos de Bartinik transpiraram e ficaram umedecidas.

Sabine procurou afastar-se, mas o convite das sensações novas e atraentes impediu a mudança de atitude.

Ambos sentiam que um ímã invisível os aproximava.

Era um momento encantado, o instante de descoberta das primeiras sensações.

Um não tinha coragem de olhar para o outro, e ambos ficaram olhando para frente, embora os corpos estivessem colados.

Sabine cerrou os olhos.

Bartinik moveu sua mão e delicadamente a encostou na mão dela.

Novo estremecimento de ambos.

O coração deles disparou.

Dois corações juvenis ansiosos e sonhadores, tanta vida pela frente, mas o amor não pôde esperar.

Ele virou o rosto para o lado dela, e Sabine fez o mesmo.

Instintivamente, como a Terra atrai a Lua, os lábios se procuraram e um beijo suave e revelador selou o pacto amoroso entre as duas almas.

As mãos se buscaram e se apertaram umedecidas pela ansiedade da descoberta.

Após o beijo, ela pousou a cabeleira dourada no ombro de Bartinik, que a partir daquele instante tinha mais razões para odiar a guerra.

Seu ódio era contra tudo na vida que causasse divisão, raça, país, religião...

O que são as divisões diante do amor?

E sentindo o suave perfume de Sabine ao seu lado, os dedos de Bartinik excursionavam pelo vasto mundo dos fios dourados dos cabelos da menina.

Carinhos... Juras de amor...

Prometeram matar Adolf Hitler em delírio sonhador.

Ele afirmava que a protegeria de todos os canhões e bombardeios aéreos.

Juntos levantariam um reino de paz na Terra, tudo isso a partir do amor de um pelo outro.

O amor também impõe delírios impossíveis.

Sabine lembrou-se de Ester e se ela ali estivesse lhe contaria a grande novidade: *Dei o primeiro beijo!*

Sonhando sonhos de amor eles adormeceram como se não houvesse guerras e maldade no mundo.

De madrugada, subiram a escada de mãos dadas, depois de serem acordados pelas lanternas dos soldados a verificar a normalidade da casa. Dormiram juntos, despertando pela manhã com sorrisos de esperança e olhos de promessa.

Visita inesperada

Com exceção de Sabine e Bartinik todos já estavam de pé às oito horas da manhã.

E todos deduziram o que havia acontecido entre a jovem alemã e o jovem judeu-polonês.

Anninka e Ewa prepararam o café com ovos mexidos e quando iam se sentar com Oton para comer, os dois enamorados surgiram e se juntaram ao grupo.

O ambiente foi invadido pela alegria das brincadeiras que os amigos têm uns com os outros enquanto comem.

Batidas à porta e o silêncio se impôs.

Novamente, Sabine atendeu os soldados falando da normalidade de tudo, nada de novo havia acontecido.

Os soldados despediram-se, partindo mais uma vez.

Todos retomaram o café, e o silêncio, naquele momento, era o pano de fundo.

Ouviu-se apenas o barulho dos talheres a tocar as louças.

– Precisamos arranjar documentos falsos! – Bartinik avisou.

– Mas, como iremos fazer isso sem dinheiro? – Anninka indagou.

– Sem dinheiro nada feito! – Ewa sentenciou.

– O pior é que é verdade! – Oton balançou a cabeça, desanimado.

– Eu já volto... – Sabine falou e saiu da mesa.

Os amigos se entreolharam e não entenderam a atitude dela.

Rapidamente, ela retornou e colocou sobre a mesa um porta-joias.

– Aqui está... – falou sorrindo – Podem usar algumas dessas joias que ganhei do meu pai!

Ao abrir o porta-joias todos se admiraram com as joias que viam à sua frente.

– Isso não é justo! – Bartinik falou.

– Quantas joias foram tomadas do nosso povo! – Ewa argumentou de olhos brilhantes.

– Essas joias podem ser o passaporte para a nossa liberdade, para nossa vida futura! – Oton falou sorrindo, enquanto segurava um pingente de ouro e diamante na mão.

– Não sei não... – Anninka falou hesitante.

– As joias são minhas e eu disponho delas como achar melhor!

E dizendo isso entregou o pingente e mais duas correntes de ouro a Bartinik.

Ele relutou em aceitar, e Sabine abriu as mãos dele depositando as joias.

– Só exijo uma condição!

– O que você quer, Sabine? – Bartinik indagou sem entender.

– Quero que você tire um documento pra mim também, pois vou com vocês!

– Ficou maluca, Sabine? – Anninka perguntou surpresa.

– Nunca estive tão certa do que quero!

Dizendo isso ela olhou para Bartinik, que surpreso e feliz afirmou:

– Pode deixar, vou providenciar um documento pra você também!

Ewa olhou para Sabine e emocionada pediu:

– Sabine, eu quero pedir desculpas por ter desconfiado de você! Sei que em alguns momentos fui dura demais!

– Não se preocupe, Ewa, no seu lugar faria o mesmo! Se meu país fosse invadido e meu povo passasse pelas mesmas dores eu faria a mesma coisa. Está tudo bem!

– Que bom que você compreendeu meu jeito pouco amistoso.

– Vamos ter de sair para correr atrás dos documentos o quanto antes, – avisou Oton.

– Precisamos tomar cuidado com a ronda dos alemães! – Anninka advertiu.

– O melhor é esperar primeiro que os soldados passem, e logo em seguida saímos para o outro lado! – sugeriu Sabine.

– Ela está certa! – Bartinik comentou.

– Acho que devemos ficar vigilantes até mesmo por causa do meu pai, e se ele chega de repente? Precisamos combinar o que fazer caso isso aconteça.

– Eu e o Oton saímos pra ver os documentos, pra isso precisamos levar as identificações atuais de todos vocês.

– E nós mulheres ficamos aqui esperando? – Ewa indagou.

– Isso mesmo! Não há necessidade de vocês correrem risco. – Bartinik afirmou.

– Vou preparar o quarto da Ester pra abrigar vocês quatro em caso de uma surpresa da chegada do meu pai!

– Eu te ajudo Sabine! – Anninka disse animada.

– Vou ficar em uma das janelas vigiando a rua de acesso à casa. – Ewa afirmou.

– Já que estamos combinados, vamos só esperar os soldados fazerem a ronda, na próxima hora. – Bartinik falou satisfeito.

Todos se abraçaram solidariamente e trocaram apertos de mãos, como promessa de fidelidade uns aos outros.

– Vou subir já para o quarto que oferecer melhor visão da rua, assim ficamos mais seguros. Não podemos descuidar da vigilância! – Ewa falou com tom grave na voz.

– Tá certo, Ewa! Faça isso! – Oton disse beijando a fronte da amiga.

– Vamos esperar que os soldados batam à porta! – Bartinik disse, pedindo paciência.

Os garotos, na grande sala, aguardavam o tempo passar.

Para surpresa de todos Ewa desceu a escada correndo:

– Parou um carro oficial aí na frente!!!

Todos experimentaram certo pânico.

– Rápido... Para o quarto de Ester... Se for meu pai, ele não entra lá...

Sabine os levou para o quarto no fundo da casa e os trancou, levando a chave.

– Amigos, ninguém faça barulho algum! – Bartinik pediu preocupado.

Sabine chegou à sala e ouviu o barulho de chaves na fechadura.

Rapidamente, ela se colocou no alto da escada como se estivesse descendo naquela hora.

Do alto ela ficou aguardando que a porta se abrisse.

A porta se abriu e a figura de Wolfgang surgiu surpreendendo Sabine.

Ela amava o pai, mas naquele momento tudo que ela queria era que ele não voltasse para casa.

Fingindo surpresa ela desceu a escada falando:

– Papai... Que bom que o senhor voltou!

– Minha filha, estava com tanta saudade!

Eles se abraçaram demoradamente.

– E Ester, como está?

Sabine disfarçou perguntando da viagem:

– Por que demorou tanto, pai?

– Eu estive esses dias em Berlim em reuniões secretas. E Ester, onde está?

– Ela... Ela...

– Ela o que, Sabine?

– Ela foi buscar suprimentos, saiu logo cedo... Desconfiada do comportamento do pai com relação à Ester ela decidiu mentir.

Wolfgang ficou pensativo por alguns instantes e pegando a valise que tinha colocado no chão para abraçar a filha, falou:

– Vou me trocar, pois preciso sair novamente para ir ao nosso comando local. Quando voltar nós conversaremos mais, quero falar com Ester também.

– O senhor não passou no comando desde sua volta?

– Não, minha filha, eu vim direto de Berlim pra casa! Tenho agora novas atribuições em Auschwitz-Birkenau. O alto comando me deu carta branca para agir.

Enquanto o pai falava, Sabine pensava em seus amigos escondidos no quarto e na morte de seus familiares.

Olhava para o pai com sentimento estranho, um misto de amor e decepção.

Sentia-se profundamente descrente das palavras que seu pai dizia.

Tomando coragem como nunca havia feito antes, ela indagou surpreendendo Wolfgang:

– Papai, você comanda um dos campos de concentração de Auschwitz?

Ele olhou demoradamente para a filha e indagou:

– Por que essa pergunta agora?

Ela elaborou cuidadosamente a resposta e disse demonstrando simples curiosidade:

– Sei que o senhor ocupa um alto cargo de comando, por isso a pergunta. O senhor é comandante em um dos campos?

Segurando o quepe em uma mão e a valise em outra, Wolfgang olhou para a filha e confirmou:

– Sim, Sabine, eu comando um dos campos de Auschwitz.

– É de extermínio?

– Que diferença isso faz? Todos os campos estão a serviço do Führer e da nossa grande nação. O importante é livrar nosso país e nosso povo da contaminação de outras raças.

Sabine ouvia aquilo tudo como uma espécie de morte em relação aos seus sentimentos pelo pai.

Não era possível que ela fosse tão cega, até aquele dia.

Infelizmente, seus amigos estavam certos em tudo que tinham lhe contado.

Wolfgang interrompeu os pensamentos da filha indagando:

– É só isso que a senhorita quer saber? Seu pai está prestando um grande serviço à nação, e é isso que importa.

– E Ester, papai, ela é judia, por que ela segue servindo em nossa casa? A casa de um alto oficial do exército alemão! Isso não prejudica a sua imagem?

Se ela soubesse o que iria ouvir do pai teria evitado a pergunta.

– Já que você tocou no assunto, minha filha, quero pedir a você que evite comentários a esse respeito, de que temos uma judia servindo dentro da nossa casa. Isso não é bom para a minha imagem!

Ela deu a conversa por encerrada e subiu para o quarto.

Sabine conteve o choro a muito custo e quando chegou ao quarto desabou entre lágrimas.

No alto da escada ainda escutou o pai dizer:

– Eu vou trocar de roupa e ir para o comando, logo estarei de volta.

Wolfgang foi até a cozinha beber água e ao passar pela sala de refeições estranhou que a mesa estivesse bagunçada com cinco lugares dispostos para o café.

Ele coçou a cabeça desconcertado, mas resolveu não questionar a filha. *Era possível que algumas amigas tivessem tomado café com Sabine naquela manhã*, ele pensou.

Sabine trancou a porta do quarto e chorou profundamente.

Percebeu que o pai não estava preocupado com Ester, mas sim com sua carreira militar.

Aquela mulher tão dedicada havia cuidado da filha dele por tantos anos, e ele era incapaz de manifestar gratidão.

A imagem do pai, que ela tanto amava, em poucos dias foi terrivelmente transformada.

Desde a morte de sua mãe, a única pessoa que havia de fato cuidado dela tinha sido Ester.

Essa era a grande verdade!

A Fuga

Sabine ficou na espreita aguardando a saída do pai.

Pela janela ela observou quando ele entrou no carro oficial e partiu.

Imediatamente, ela desceu e avisou os amigos:

– Precisamos ir embora agora, pois meu pai vai voltar! Ele vai descobrir o desaparecimento da Ester e se dar conta da minha mentira.

– Então, vamos fugir e quando encontrarmos um local seguro, providenciamos os documentos para sair do país! – Bartinik falou com gravidade.

– Podemos pegar alguns mantimentos, Sabine? – Ewa indagou.

– Peguem tudo que necessitamos, vou com a Anninka preparar uma mochila com roupas para nós três!

– Façam isso, garotas! Eu e Bartinik vamos procurar alguma lanterna, canivete e outras coisas que sejam úteis para nossa viagem. – Oton falou saindo apressado.

– Pode procurar no grande armário ali na despensa! – Sabine disse, apontando a direção.

Rapidamente, todos arrumaram as coisas, e em breves minutos o pequeno grupo se reunia na sala para a fuga.

Sabine tinha nas mãos o livro de Salmos, de Ester.

– Vou subir e dar mais uma olhada pela janela para verificar se os soldados estão próximos. – Ewa avisou.

– Faça isso! – Bartinik concordou, incentivando a ação. – Todos prontos? – ele indagou.

O pequeno grupo se entreolhou e todos concordaram acenando positivamente com a cabeça.

Ewa desceu informando:

– Eles acabaram de passar em direção ao final da rua...

– Só uma coisa...

– O que houve, Sabine? – Anninka perguntou.

– Eu tenho três uniformes da Liga das Jovens Alemãs, vou pegá-los porque eles podem ser úteis em algum momento. Já volto!

– Faça isso rápido! – Pediu Bartinik compreendendo a importância do fato.

Com rapidez, Sabine voltou com um pacote nas mãos enfiando-o na mochila.

O frio era intenso e a neve caía sem parar.

O veículo oficial com o comandante da SS Wolfgang Schmidt adentrou o campo de extermínio e parou em frente ao escritório principal.

O pai de Sabine desceu do veículo ajeitando o quepe na cabeça.

Era necessário vencer cinco degraus até a porta de entrada.

Com agilidade, ele subiu até o portal de entrada, mas antes de entrar no prédio se virou para o campo e contemplou a chaminé dos fornos. Todas funcionando, soltando no ar a fumaça característica da cremação dos corpos vindos da câmara de gás.

Voltou-se para a porta e girou a maçaneta entrando e avançando por comprido corredor.

Os outros soldados e oficiais, ao notarem a presença de Wolfgang, no mesmo instante fizeram a saudação característica do regime nazista que é uma variação da saudação romana da época do Império – estenderam o braço com a palma da mão aberta dizendo:

– Heil Hitler! (Salve Hitler)

Wolfgang correspondeu à saudação fazendo o mesmo gesto.

Antes de entrar em seu escritório resolveu passar na sala onde ficava o seu ajudante de ordens:

– Bom dia, Hans?

– Bom dia, comandante, seja bem-vindo! – Hans ficou em pé fazendo a saudação alemã.

– Quero um relatório das providências que pedi antes da minha viagem a Berlim!

Procurando demonstrar eficiência, Hans sorriu e comentou:

– Tenho tudo anotado comandante, tudo foi feito conforme suas ordens, até mesmo a prisão da vossa governanta!

Wolfgang arregalou os olhos e questionou:

– Como assim? A Ester foi presa?

– Sim, comandante. Presa e devidamente despachada desse mundo!

– Você tem certeza, Hans?

– Sim, comandante, pois eu mesmo fui verificar quando a trouxeram presa, pois queria ter certeza de que tinham aprisionado a pessoa certa.

– E quanto tempo faz isso?

– Ela foi presa no dia imediato à sua viagem para Berlim...

Então Sabine mentiu pra mim... E aquelas louças postas para o café de cinco pessoas... – ele pensou.

Wolfgang deu meia-volta e passou pelo corredor ordenando:

– Quero uma guarnição comigo agora!

Imediatamente, seis soldados ficaram à disposição do comandante.

Rapidamente, ele foi para o carro e o comboio partiu em direção à casa dele.

Os cinco amigos ganharam a rua e com rapidez se deslocaram.

– Para onde vamos? – Ewa questionou.

– Vamos para o galpão onde estávamos até ficarmos na casa de Sabine. – Bartinik respondeu.

– É melhor irmos depressa, porque a essas horas meu pai já está se dando conta que fugi de casa, ou sabe-se lá o que ele vai pensar!

Os veículos pararam em frente à casa de Wolfgang e ele saiu do carro de pistola em punho.

Fez sinal para os soldados, e a casa foi cercada.

Acompanhado por seu oficial auxiliar ele abriu a porta da frente vagarosamente e chamou:

– Sabine... Sabine... Sabine...

A casa estava toda em silêncio...

Ele foi até o quarto da filha enquanto o resto da casa era vasculhado por mais dois soldados da ronda que chegaram para ajudar.

Nenhum vestígio da filha, apenas gavetas reviradas em sinal evidente para Wolfgang de que a casa tinha sido roubada.

Inconformado, ele interrogou os dois soldados que faziam a roda que não sabiam dar nenhuma informação que ajudasse a desvendar os fatos.

Em atitude desequilibrada, Wolfgang bateu no rosto de um dos soldados e o chamou de incompetente.

Pelo rádio o comando ficou ciente dos fatos e várias viaturas saíram em diligência para procurar a filha do comandante.

– É aqui... – Bartinik disse, demonstrando alívio na voz.

Era um velho galpão abandonado que tinha um mezanino onde Bartinik, Oton, Anninka e Ewa haviam passado o último mês.

– Vou pegar algumas madeiras para fazermos uma fogueira! – Ewa avisou.

– Espere que eu vou te ajudar! – Oton disse, esfregando as mãos por causa do frio.

Anninka subiu junto com Bartinik e Sabine para acomodar as coisas na parte superior.

Por alguns momentos, Sabine e Bartinik ficam sozinhos e se entregaram a um longo e apaixonado beijo.

Abraçaram-se com profunda ternura e mais uma vez se prometeram um ao outro para sempre.

Todo grupo se reuniu e Bartinik orientou:

– A essa altura toda força alemã está atrás da gente. Certamente, que Sabine deve ser o alvo da busca dos soldados alemães. Por isso, eu acho melhor nós não sairmos à rua por uns dois dias. É perigoso, se qualquer pessoa avistar um grupo de jovens andando por aí é delação na certa. Sei que é difícil e todos queremos sair logo daqui, mas pra nossa segurança temos de suportar esse momento.

Ninguém respondeu nada, o silêncio falou por todos sobre a gravidade do instante vivido.

PERSEGUIÇÃO

Um alerta foi expedido pelas forças nazistas em toda região.

A foto de Sabine foi espalhada e todos os agrupamentos militares estavam de posse de informações.

Como a casa foi encontrada sem sinais de arrombamento, e tudo caracterizava normalidade no comportamento dela, Wolfgang admitia que a filha tivesse fugido de livre e espontânea vontade. Ele acreditava que o desaparecimento de Ester tinha revoltado a filha de alguma forma, mas entendia que depois de uma boa conversa com ela tudo voltaria ao normal, e Sabine poderia ser enviada para Berlim.

No esconderijo...

– Já se passaram dois dias, acho que devemos ir atrás dos documentos. – Oton comentou.

– Mas, o risco ainda é grande. Temos os contatos na cidade para tirar os documentos, mas mesmo assim é arriscado. Os alemães devem estar vigiando justamente os fornecedores de documento, – alertou Bartinik.

– Acho que é o momento de usarmos o uniforme da Liga das Jovens Alemãs... – sugeriu Sabine.

– Sim, pode ser uma boa esse disfarce! – Ewa afirmou sorrindo.

– Mas, apenas as meninas podem ir atrás dos documentos. – Anninka disse provocando os garotos.

– Ela tem razão! – concordou Sabine.

– E quem vai? – Bartinik indagou.

– Eu e a Anninka, é claro! – Ewa falou decidida.

– Acho que nesse caso não temos muito o que fazer, não é, Oton?

– É mesmo, Bartinik... – teremos de ficar por aqui torcendo.

– Então, vamos experimentar as roupas? – Sabine convidou as garotas.

– Vamos sim... – Anninka e Ewa falaram ao mesmo tempo.

– Senhor comandante...

– Sim, Hans!

– Temos notícias do grupo de jovens poloneses que está sendo procurado faz algum tempo.

– Ótimo... Qual a informação?

– Parece que eles estão escondidos em um velho galpão abandonado. Aguardamos apenas vossa ordem para agir!

– Ordem dada, Hans. Prendam esses garotos e nem precisa perder tempo com triagem, pode mandar todos para a câmara de gás...

– Sim, senhor comandante! Heil Hitler!

Hans se retirou para dar cumprimento à ordem do seu comandante, e Wolfgang ficou ali pensativo.

Onde estaria sua filha àquela hora?

– A roupa ficou ótima nas duas... O que vocês acham? – Sabine perguntou para Oton e Bartinik.

Ewa e Anninka surgiram devidamente uniformizadas e com o cabelo preso para o uso do boné feminino.

– Agora coloquem um agasalho e podem buscar os nossos documentos! E não se esqueçam de voltar! – Oton brincou com as duas amigas.

– Estamos prontas, Bartinik! – Ewa afirmou com emoção na voz.

– Ficaremos esperando certos da volta de vocês. Assim que retornarem com os documentos iremos embora daqui.

– Certo, Bartinik, pode ter certeza que voltaremos logo! – Anninka disse com convicção.

– Pegaram a identificação de todos? – Oton indagou.

– Sim, está tudo aqui! – Ewa respondeu confiante.

Todos se abraçaram e as duas partiram devidamente disfarçadas.

– Será que elas vão levantar suspeitas com esse uniforme? – Bartinik perguntou olhando para Sabine.

– Não acredito, pois nessa cidade existem muitas filhas de oficiais alemães que fazem parte da Liga das Jovens Alemãs. Já vi várias pela cidade e foi em um desses momentos que meu pai decidiu me enviar também pra lá.

Oton se afastou em direção a um posto de vigilância dentro do galpão, deixando os dois sozinhos.

Sabine e Bartinik se abraçaram com muito carinho, então ele disse com profundo brilho no olhar:

– Eu te amo Sabine, desde o primeiro instante em que te vi...

– Eu também te amo, Bartinik. Daquela tarde em diante nunca mais esqueci seu rosto. Você veio morar dentro de mim sem que eu percebesse.

Eles se beijaram ardentemente e se recolheram para um cômodo improvisado pelos jovens amigos.

Ali adormeceram...

Sem que Oton percebesse soldados alemães começaram a cercar o galpão.

Ele, e também os demais amigos experimentavam muito cansaço físico, devido a várias noites em estado de vigília, então Oton adormeceu enquanto vigiava, acordando com uma pistola encostada em sua testa.

– Onde estão os outros?

– Eu não sei...

A coronhada da pistola explodiu em sua cabeça ferindo-a profundamente.

Oton sentiu um filete quente de sangue a escorrer pela cabeça descendo por sua nuca.

Bartinik despertou e deixou Sabine adormecida.

Caminhou pelo galpão indo ao encontro de Oton até que sentiu uma pistola espetando sua costela e uma voz quente em sua nuca:

– Fique quieto ou estouro sua cabeça!

Os alemães algemaram os dois e iniciaram uma busca pelo galpão, procurando por mais alguém.

Sabine despertou e olhando do ponto onde estava para a área do galpão conseguiu se esconder em um buraco, uma espécie de fundo falso.

Durante uma hora os soldados vasculharam tudo, mas não conseguiram descobrir mais nada.

Bartinik e Oton foram agredidos covardemente para delatar o destino de Ewa e Anninka, mas se mantiveram firmes e não disseram nada.

Eles foram levados para o campo comandado por Wolfgang.

Sabine entrou em desespero e começou a chorar, pois ela sabia que Bartinik seria executado.

Chorando muito andava de um lado para o outro sem saber o que fazer.

Vasculhou os pertences dos amigos e descobriu o horrível uniforme listrado com a estrela de Davi, usado pelos prisioneiros judeus.

Resolveu vesti-lo.

Iria atrás de Bartinik de qualquer maneira.

Ela vestiu a roupa e olhou para o canto onde Oton havia deixado as coisas trazidas da sua casa.

Resolveu verificar o que havia dentro da sacola.

– Canivete... Abridor de latas, uma tesoura... Isso mesmo que eu preciso! – disse em voz alta.

Segurando a tesoura ela começou a cortar o próprio cabelo.

Naquele momento de desespero, se parecer o máximo possível com os judeus facilitaria tudo.

E foi cortando lentamente o lindo cabelo dourado. Jogava no chão as mechas que caíam junto com as lágrimas que não cessavam de brotar do seu coração.

A mente atormentada refletia desesperança e tristeza.

Ester surgiu-lhe à mente.

Sabine fechou os olhos e pareceu sentir a mão amorosa daquela mulher especial afagando seu rosto e tocando suas lágrimas.

Alívio brando envolveu seu coração.

Ela terminou o corte do cabelo e decidiu ir direto para o campo de concentração.

Deixar-se-ia prender pelos soldados alemães.

Pegou o livro de Salmos e partiu...

DESPEDIDA

– Prendemos dois garotos, senhor comandante! – Hans falou com orgulho.

– Alguma notícia da minha filha?

– Ainda não, senhor comandante.

– Pode executar os garotos...

– Sim, senhor comandante...

No instante em que Hans saia para cumprir a ordem, alguém bateu à porta.

– Pode entrar! – Wolfgang autorizou.

Um dos militares do campo entrou com alguma coisa na mão e disse:

– Senhor comandante, temos novidades! Veja!

Estendendo a mão entregou a Wolfgang os documentos de Bartinik, Oton, Anninka, Ewa e Sabine.

– Mas, o que é isso? – Wolfgang indagou contrariado.

– Encontramos esses documentos com duas garotas, que estavam com uniformes da Liga das Jovens Alemãs!

– Tragam todos aqui! – Wolfgang gritou furioso.

Em breves minutos os quatro jovens estavam diante do pai de Sabine.

E assim que colocou os olhos sobre Bartinik se recordou do episódio da pedrada no vidro do carro.

– Mas, como a vida é surpreendente! Se não é o judeu fujão que está de novo em minhas mãos? Dessa vez minha filha não está aqui para pedir por sua vida, seu verme!

Bartinik permaneceu de cabeça baixa junto aos outros amigos.

– Onde está a minha filha? Seus judeus malditos!

O silêncio foi a resposta.

Wolfgang se aproximou de Bartinik e desferiu violento soco no rosto do jovem judeu.

Um filete de sangue começou a correr pelo canto da boca e Bartinik experimentou o gosto do próprio sangue.

Agressões e xingamentos foram ouvidos por longo tempo na sala de Wolfgang sem que ele obtivesse notícias da filha.

Anninka desmaiou com a agressão recebida.

Ewa ficou com hematomas pelo rosto.

Oton e Bartinik precisaram ser carregados.

Na rua, Sabine se jogou sobre uma viatura da polícia alemã e terminou sendo presa.

Chegando ao campo ela foi jogada no pavilhão dos próximos a serem executados.

Ainda ouviu da boca do soldado que a prendeu:

– É uma escória a menos para sujar nossa nova Alemanha!

Wolfgang estava desesperado.

Teria a filha se unido àquela corja da raça inferior?

Ele passou a noite em claro e quando amanheceu ordenou a execução dos quatro jovens na câmara de gás.

– Pode enviá-los para execução junto com a próxima leva!

Seu orgulho de se acreditar como parte de uma raça superior não lhe permitia demonstrar fraquezas. Certamente, ainda teria notícias da filha. E caso não a encontrasse ele já pensava em contabilizar a filha como uma lamentável, mas normal “baixa” de guerra.

– Sim, senhor comandante! – Hans respondeu prontamente.

Como era rotina naquele campo, logo cedo os presos do pavilhão da morte eram perfilados do lado de fora.

Em fila dupla todos teriam de caminhar até o suposto banheiro para se higienizar.

Tudo já estava pronto quando Wolfgang surgiu na varanda do edifício por onde passaria a fila dos sentenciados.

Em meio às pessoas, Sabine procurou desesperadamente por Bartinik.

Sem medo da repressão dos soldados, ela saiu do lugar e caminhou entre os judeus.

Até que se deparou com Anninka e Ewa. Ela abraçou as duas que choravam naquele momento de dor.

Ewa apontou para dois jovens à frente, um amparando o outro.

Sabine identificou Oton e Bartinik, ela foi até eles.

Ao ver seu amor, Bartinik ganhou forças e disse:

– Saia daqui Sabine, nós somos judeus, você não...

– Nós somos seres humanos, Bartinik. E eu te amo!

Um grito autoritário ecoou e a ordem foi dada para que todos caminhassem em direção ao local de banho.

A fila começou a andar e Wolfgang acompanhou tudo de maneira fria.

Sabine avistou o pai e quando ela chegou de frente a ele gritou:

– Aqui estou papai comandante!

Wolfgang reconheceu a voz da filha e estremeceu.

Ele se envergonhou da atitude da filha, considerando que ela estivesse colocando em risco sua imagem de comandante.

A cabeça raspada e a roupa listrada lhe causaram repulsa por Sabine, que daquele jeito se parecia com aquele povo desprezível e odiento.

Sentiu medo da desmoralização.

Alguns oficiais, ao ouvirem o desabafo de Sabine, começaram a prestar atenção àquela jovem.

Irritado Wolfgang fez sinal aos soldados para fazerem a fila andar.

Sabine foi empurrada juntamente com Bartinik para o grande banheiro.

Ela, então, pegou o livro de Salmos de Ester e abriu aleatoriamente, lendo para todos:

> *O SENHOR é o meu pastor, nada me faltará.*
>
> *Deitar-me faz em verdes pastos, guia-me mansamente a águas tranquilas.*
>
> *Refrigera a minha alma; guia-me pelas veredas da justiça, por amor do seu nome.*

Ainda que eu andasse pelo vale da sombra da morte, não temeria mal algum, porque tu estás comigo; a tua vara e o teu cajado me consolam.

Preparas uma mesa perante mim na presença dos meus inimigos, unges a minha cabeça com óleo, o meu cálice transborda. Certamente, que a bondade e a misericórdia me seguirão todos os dias da minha vida; e habitarei na casa do Senhor por longos dias.

Salmos 23:1-6

O ambiente tenso experimentava certo abrandamento ante a hora grave.

Em momentos, um cheiro estranho se fez sentir em toda extensão do banheiro.

Oton aproximou-se de Bartinik e segurando nos braços do amigo disse:

– Somos jovens demais para morrer...

– Confia no Senhor Deus que Nele não há morte, apenas vida...

Sabine se abraçou a Bartinik e sentiu seus olhos e garganta arderem.

Em minutos, ela sentiu mão amiga a erguê-la e reconheceu a voz melodiosa a lhe dizer:

– Venha comigo, minha filha!

– Ester, é você? Não posso ir sem Bartinik!

– Não se preocupe, ele também vai sair daqui.

Ester sorriu e Sabine se deixou levar e, sem resistir, ela adormeceu nos braços de Ester.

SEGUNDA PARTE

68 anos depois

Bolsa De Estudo

Na escola pública, em bairro da periferia, a funcionária da secretaria fixava o nome de uma aluna com lindo sorriso que iluminava seu rosto.

Era final do período de férias, época de matrícula em escolas e faculdades...

Alguns alunos se aproximaram do quadro de avisos e comemoraram.

– Eu sabia que a Sabrina ia conseguir...

– Demorô, Yara... – comentou uma garota de nome Bruna – aquela neguinha é muito inteligente!

– É verdade, Bruna, ela detona em todas as provas, viu no ENEM? Só não gabaritou porque três questões foram anuladas.

– Ela vai realizar o sonho dela que é estudar naquela faculdade de "patricinhas e mauricinhos"... – Bruna disse sorrindo.

A funcionária, que ouvia a conversa das duas garotas, interrompeu o diálogo delas dizendo:

– Aquela faculdade é muito cara e seletiva...

– Só estudam brancos, você quer dizer? – Yara emendou com ironia.

– Não é bem isso, ela é seletiva porque o vestibular é muito difícil e apenas as grandes inteligências conseguem estudar lá. A Sabrina tem uma cabeça diferente de toda galera que estuda aqui. Vocês sabem disso! A garota é órfã de pai e desde a infância a mãe dela lava roupa pra fora para criar aquela menina.

Bruna e Yara se entreolharam e silenciaram, elas sabiam que era verdade o que ouviam da secretária da escola.

– Entrar naquela faculdade não é fácil, ainda mais sendo uma garota de condições sociais como a Sabrina, ela é muito pobre!

– Não se esqueça da cor da pele, ela é negra como a gente! E as coisas não são tão fáceis assim em nosso país para os pobres e negros. – Bruna disse demonstrando raiva no tom de voz.

– Fala sério... A Sabrina é tão "Caxias", que ainda deve ser BV, a garota só vivia de livro na mão!

– Deixa de falar da garota, Yara, eu não acredito que ela seja boca virgem! – Bruna reclamou.

– É claro que é, eu nunca vi ela ficando com ninguém na escola, só se ela for diferente em outros lugares. Aqui, ela só fica na dela!

– Meninas, vamos deixar isso pra lá!

E o assunto na escola de ensino médio naquele início de ano não podia ser outro, pois Sabrina havia conseguido uma bolsa de estudo na mais cara e cobiçada universidade do Estado.

Na periferia...

– Mamãe, pode deixar que estendo a roupa pra senhora!

– De jeito nenhum, Sabrina, eu fiz isso a minha vida toda e cada peça que coloquei no varal esses anos todos valeu a pena, só pra ver minha menina se tornar doutora!

– Ô mãe... Eu nunca vou ter como lhe agradecer tudo que fez por mim...

– Agradeça sendo uma boa médica, sem se esquecer de dedicar um tempinho para os que não têm nada, né filha? Toda caridade que a gente faz nesse mundo volta pra iluminar nossa vida amanhã...

– Tá certo, mãe, mas agora largue as roupas e vá se trocar pra irmos juntas fazer a matrícula. Quero sua companhia, já providenciei todos os documentos.

– Tirou cópia de tudo?

– Sim, mãe, tá tudo pronto!

– Que pena que seu pai não está aqui pra ver isso. Deus me levou ele muito cedo, logo depois que você nasceu.

Helena sentiu duas grossas lágrimas escorrerem pela face.

Sabrina se aproximou da mãe e a abraçou com ternura, beijando-lhe a cabeça, já com muitos fios de cabelo branco evidenciando os anos passados.

– Vou me ajeitar, filha, espere um pouco...

– Então, fique bem bonita, pois a senhora me ensinou aquele ditado que diz: "Quem não se enfeita, por si rejeita!".

– É verdade, filha, você tem razão... E sorrindo, Helena começou a se arrumar.

Sabrina adorava leitura, vivia sempre em companhia dos livros, isso desde a infância, o que lhe garantiu a aquisição de significativa cultura.

Ela dizia para as amigas que cada livro era um voo diferente.

Enquanto aguardava a mãe, ela pegou seu MP3, na pequena estante da sala humilde, e localizou uma das músicas que ela mais gostava, e ouvindo, cantou em voz alta:

Charlie Brown Jr.
Proibida pra mim

Ela achou meu cabelo engraçado
Proibida pra mim no way
Disse que não podia ficar
Mas levou a sério o que eu falei

Eu vou fazer de tudo que eu puder
Eu vou roubar essa mulher pra mim
Eu posso te ligar a qualquer hora
Mas eu nem sei seu nome!

Se não eu, quem vai fazer você feliz?
Se não eu, quem vai fazer você feliz? Guerra!

Se não eu, quem vai fazer você feliz?
Se não eu, quem vai fazer você feliz? Guerra!

Eu me flagrei pensando em você
Em tudo que eu queria te dizer

Numa noite especialmente boa
Não há nada mais que a gente possa fazer

Eu vou fazer de tudo que eu puder
Eu vou roubar essa mulher pra mim
Eu posso te ligar a qualquer hora
Mas eu nem sei seu nome!

Se não eu, quem vai fazer você feliz?
Se não eu, quem vai fazer você feliz? Guerra!

Sabrina era muito reservada em seus projetos, amava ouvir e cantar músicas.

Gostava também de ler de tudo um pouco, contudo apreciava Fernando Pessoa, seu poeta favorito.

Helena, que vinha do interior do quarto, arrumando os cabelos, ouviu a filha cantando e perguntou.

– De quem é essa música, filha?

– Charlie Brown Jr, mãe!

– É legal...

– Eles só têm músicas muito iradas!

– Estou pronta, podemos ir?

– Então, vamos!

– Calma, não está faltando alguma coisa?

– Esqueci mãe, falta leitura do seu livro de bolso...

– Isso mesmo, a gente não deve sair de casa sem ler uma boa mensagem.

– Aqui está seu livro, mãe...

– Abra você e leia um trecho para nossa meditação.

Sabrina abriu o livro ao acaso e leu um trecho:

"As boas coisas começam pelos bons pensamentos que criamos em nossa mente.

Você sempre será responsável pelo clima em que vive, porque ele expressa sempre o teor dos seus pensamentos e das suas próprias ações".

– Tá vendo, filha!

– Legal mãe, essas mensagens fazem bem pra cabeça da gente e para o coração também... Vamos nessa?

– Vamos sim, filha, quero ver sua matrícula naquela universidade! E olhando para o alto, Helena falou de mãos elevadas: – Minha filha com 17 anos já vai estudar para doutora!

E dizendo isso, ela segurou no braço da filha e as duas caminharam para o ponto de ônibus.

Os pensamentos de Sabrina estavam a mil.

Ela se recordou da galera da escola e de todas as vezes que ouviu piadinhas chamando-a de "Caxias".

Sempre recusando convites para baladas.

Vivia de livro na mão e fones no ouvido.

Sabrina tinha o rosto bonito, o nariz delicado, os lábios grossos. O cabelo estilo Black Power, os olhos cor de mel lhe davam uma beleza exótica. Os garotos se interessavam por ela, mas naquele momento sua cabeça estava voltada apenas para o estudo.

Nos finais de semana, quando a galera a chamava para a balada a resposta era sempre a mesma:

– Preciso estudar e ajudar minha mãe a lavar e passar as roupas...

Com o tempo, os colegas de classe foram se acostumando com o jeito dela.

Mas, mesmo assim ela sempre ouvia muitas indiretas.

A maior parte da galera não conseguia entender como é que uma garota daquela idade não se interessava em ficar com alguém.

As notas de Sabrina na escola se destacavam, pois ela ficava sempre em primeiro lugar.

Ganhou um concurso de poesia da escola e participou da olimpíada de matemática, representando o colégio.

E foi com esse comportamento que despertou raiva em alguns e simpatia em outros, que ela terminou o ensino médio e ganhou a bolsa de estudo na grande e concorrida universidade.

NOVO MUNDO

O ônibus parou próximo à universidade.

Com olhos curiosos as duas caminharam em direção ao vistoso prédio.

Contornaram quase uma quadra inteira até que chegaram frente à portaria principal.

– O que desejam? – indagou um homem uniformizado que fazia a segurança.

– Vim para fazer a minha matrícula...

O homem as mediu de cima abaixo, pois elas fugiam totalmente do biótipo de pessoas que frequentavam aquele lugar.

– Preciso confirmar na lista... Qual o nome do estudante?

– A estudante sou eu mesma e me chamo Sabrina Oliveira Silva!

– Vou verificar...

O segurança fechou a janela escurecida da portaria e se demorou alguns minutos.

Pacientemente, mãe e filha aguardaram o atendimento.

A janela se abriu e o homem disse:

– Podem passar por aqui, vamos entregar os crachás de identificação.

Sabrina e Helena foram identificadas e receberam crachás de visitantes.

Após a orientação do segurança, elas caminharam aproximadamente mais 250 metros, até a porta que dava acesso à secretaria.

Algumas pessoas aguardavam para ser atendidas.

Elas receberam uma ficha e aguardavam na expectativa de ser brevemente atendidas.

Sabrina olhou para todos os lados deslumbrada com tudo que seus olhos podiam ver.

Detalhadamente, ela observou os quadros, a decoração e as pessoas ali presentes.

Notou claramente que ela e sua mãe se apresentavam de maneira mais simples, em comparação aos demais.

Em determinado momento, Sabrina olhou para o lado e viu um garoto loiro que chegou acompanhado de uma mulher, que possivelmente seria sua mãe.

Ele era lindo, cabelos dourados, corpo atlético, certamente pela prática de esportes.

Olhos azuis bem brilhantes a enfeitar seu rosto marcante com traços viris, sem, no entanto, perder o encanto juvenil.

Ele olhou em direção à Sabrina e ela estremeceu.

Sentiu algo tão profundo que sua mãe percebeu a alteração no rosto da filha:

– O que houve, Sabrina?

– Nada, mamãe!

O garoto que deveria ter a mesma idade que ela também a viu.

No mesmo instante em que os olhos azuis dele pousavam nela, um enorme sorriso enfeitou sua face juvenil.

E ela ficou em total desconforto.

Que estranho, não consigo olhar pra esse cara! – ela pensou.

Sabrina abaixou a cabeça.

– O que está acontecendo, minha filha?

Helena viu o rosto do jovem a desmanchar-se em sorrisos em direção à filha e disse:

– Xiiiiiiii! Pelo jeito o ano letivo já começou com a aula de estudo dos sentimentos humanos! – E cutucando Sabrina com o cotovelo, completou: – Não é, minha filha?

Sabrina fingiu não ter ouvido o que a mãe havia dito.

– Número 176... – a atendente chamou.

– É o nosso, mãe, vamos logo... – Sabrina derrubou a mochila quando tentou ajeitar nas costas.

No mesmo instante, o jovem correu e se abaixou apanhando a mochila para ela.

Os dois ficaram abaixados, um dentro dos olhos do outro, e assim, meio hipnotizados, se ergueram sem desviar o olhar.

Helena, vendo a cena, puxou a filha pelo braço dizendo:

– Vamos, minha filha... Vocês têm o ano inteiro pra ficar se olhando como dois abestalhados...

Sabrina despertou com as palavras da mãe que ainda completou:

– Não se preocupe, minha filha, negros como a gente não ficam vermelhos de vergonha. Ninguém percebeu nada, a não ser eu e a mãe dele.

– Perdoe, mãe...

– Perdoar o que, minha filha? Essas coisas são danadas de boa pra se viver. Espero que aqui na universidade você deixe de ser BV.

– Que isso, mãe? Até a senhora me chamando de Boca Virgem?

– Nada não, filha, eu só quero que você estude e aproveite sua juventude e beijar faz parte da vida, e que parte boa é essa! Até que o galego é muito bonito!

Sabrina caiu na gargalhada.

Elas sentaram frente à atendente e Sabrina apresentou os documentos.

– Você é bolsista?

– Sim...

– Parabéns...

A voz que parabenizava Sabrina vinha do jovem com quem ela havia trocado olhares, se perdendo no tempo, na sala de espera.

Desconcertada, ela olhou para o lado e se viu dentro daquele oceano azul que eram os olhos dele.

– Me chamo Fabricio... – ele disse estendendo a mão.

– Sabrina... – ela estendeu a mão também.

Eles ficaram se olhando esquecendo-se de largar a mão um do outro, que permaneceram estendidas.

– Vou fazer medicina... – ele disse sorrindo.

– Eu também...

Helena, que olhava a cena, sorria com o encantamento juvenil. Baixinho fez um comentário:

– Café com leite costuma combinar!

Sabrina escutou as palavras da mãe e voltou à realidade.

Os papéis foram preenchidos e elas assinaram tudo.

Ao final das formalidades, elas se levantaram, mas Fabricio e sua mãe continuaram em atendimento.

Na saída, mãe e filha se abraçaram de alegria.

– Parabéns, filha, você merece!

– Devo tudo à senhora, mãe, obrigada!

Mal elas chegaram ao ponto e o ônibus passou. Então, elas seguiram de volta para casa.

Ainda houve tempo de Sabrina ver quando Fabricio chegou ao portão da universidade procurando-a por todos os lados, com o olhar.

SONHOS

Naquela noite, Sabrina demorou a pegar no sono, pois o rosto iluminado daquele garoto não saia da sua mente.

Ela virava de um lado para o outro e a imagem dele surgia em sua cabeça.

A mãe que passava pela porta percebeu a inquietação da filha.

Vendo que ela estava acordada olhando para o teto, disse próxima à porta:

– Tem gente que vem morar dentro do nosso coração sem pedir licença!

Aquela frase da mãe a encheu de nostalgia. Ela não sabia como nem por que, mas sentiu saudade imensa, vindo não se sabe de onde.

Sabrina, às vezes, sentia coisas intensas dentro do peito que não tinham razão de ser.

Melhor deixar pra lá! – pensou.

Em duas semanas, as aulas se iniciariam de fato, e certamente ela e Fabricio se encontrariam novamente e com muito mais tempo para conversar.

O cansaço foi batendo e ela adormeceu sem perceber...

Adormeceu...

– Socorro... Socorro... Me ajude... Somos jovens demais para morrer!

Sabrina despertou assustada e transpirando muito.

Ela olhou para os lados e se viu em seu quarto, isso lhe trouxe grande alívio.

– Foi um pesadelo... – ela disse em voz alta.

Ela tentou se lembrar do sonho com detalhes, mas não conseguiu.

Recordava-se apenas que via alguns jovens pedindo socorro, nada, além disso.

Depois de quase uma hora se remexendo na cama conseguiu conciliar o sono novamente.

Pela manhã...

Helena preparava a mesa para o café e percebeu que a filha não estava muito bem.

– O que houve, menina?

– Não sei mãe, tive um pesadelo essa noite e acordei com uma tristeza sem explicação. Eu tenho todos os motivos pra me considerar a pessoa mais feliz do mundo, mas esse sentimento parece maior, é tudo muito estranho.

Helena se aproximou da filha e a abraçou com extremo carinho.

– Ah! Minha menina! Acalma esse seu coraçãozinho, tudo vai ficar bem! Você viveu muitas situações de estresse nesses últimos meses. Estudou muito, vestibular e tantas outras coisas. Agora, você precisa relaxar, desligue-se de tudo, pelo menos nessas duas semanas que faltam para o início das aulas.

– Acho que a senhora tem razão, mamãe! Preciso mesmo me desligar de tudo isso.

Sabrina sorriu enquanto a mãe lhe servia um suco de laranja.

– E o galego, pensou nele?

– Que isso, mãe? É claro que...

– É claro que sim... – Helena interrompeu a filha e sorriu.

– Pensei um pouco...

– Me engana que eu gosto filha! Um "galegão" daquele que ficou de butuca em cima de você! Quando as aulas começarem a gente vai ver o desenrolar dessa novela. Vamos aguardar as cenas dos próximos capítulos.

Sabrina sorriu e ficou em silêncio, pegou seu fone de ouvido e ficou a ouvir suas músicas.

Nos dias que se seguiram ela procurou relaxar, ler, ouvir música e é claro, ajudar a mãe.

O pesadelo se repetiu mais duas vezes, a mesma cena, a mesma situação.

E os dias seguiram seu curso.

Finalmente, chegou o grande dia...

– Filha, tome cuidado com os trotes! – Helena falou preocupada.

– Acho que não vai ter nada demais mãe, talvez um pedágio, mas acho legal participar para poder me entrosar com a galera da universidade.

– Então, tome cuidado!

– Pode deixar mãe...

– Me telefone assim que sair da aula... Promete?

– Prometo, mãe, eu telefono!

Ela ajeitou o fone no ouvido e seguiu para o ponto de ônibus.

O coletivo não demorou a passar e naquela hora ia lotado pelas pessoas que saiam para o trabalho e jovens de volta às aulas.

Cerca de quarenta minutos depois, o ônibus parou e mais da metade dos passageiros desceu.

Sabrina estava entre eles.

Ela ajeitou a mochila nas costas e caminhou ao encontro de seus sonhos.

Assim que chegou próximo ao portão principal ela logo avistou certo tumulto no portão.

Muitos jovens estavam por ali.

Assim que ela entrou pelo grande portão um jovem alto e forte falou com certa ironia:

– Ei... Você não errou de portão?

Sabrina não ligou para o comentário e seguiu em direção à entrada.

Então, o jovem insistiu:

– Você deve estar no portão errado...

Como Sabrina não deu atenção ele falou com uma garota:

– Olha, Cintia, a gente tem uma mulatinha como bicho, esse ano!

No mesmo instante, Cintia se acercou de Sabrina e disse:

– Calma, garota! Nenhum bicho vai assistir às aulas sem pagar pedágio...

Compreendendo que tudo aquilo fazia parte do trote, Sabrina parou e atendeu ao pedido da jovem que a abordava.

– Ei, Cintia, a gente não tem tinta branca para marcar o rosto dela... – dizendo isso ele caiu na gargalhada.

Cintia sorriu sem graça e reconheceu que Rafael estava pegando pesado com a garota negra.

– Fique aqui, garota e não esquenta com as brincadeiras do Rafael! Meu nome é Cintia e o seu?

– Sabrina...

– Atende o que ele pedir e tudo vai ficar na boa...

– Eu atendo o que a galera pedir, e não ele, ou tem algum chefe por aqui?

Cintia notou a colocação inteligente de Sabrina e respondeu:

– Você tem razão...

Outros alunos novos chegaram e a atenção mudou de foco.

De repente alguém tocou em seu ombro e Sabrina se virou para ver quem era:

– Fabri... cio?

– Oi, Sabrina!

Ele tinha uma enorme falha nos cabelos feita pela máquina que Rafael tinha na mão.

O rosto estava pintado e a camisa toda manchada com cores diferentes.

– Parece que te pegaram também! – ele falou bem-humorado.

– Sim... Não teve jeito de escapar, então o negócio é participar!

Eles silenciaram e ambos se perderam em uma troca de olhar que dizia tudo, que tocava a alma.

Quanta emoção aquele momento traduzia para os dois jovens corações.

A magia foi quebrada por Rafael, que falou alto, com grosseria:

– Vamos todos para o semáforo pegar uma grana dos trouxas pra pagar a nossa cerveja mais tarde!

– Quem é esse garoto, Fabricio?

– Ele é veterano em medicina, foi o que eu pude descobrir antes de você chegar.

Nesse momento, Rafael caminhou até Sabrina e falou ousadamente:

– Você vai ser a primeira a pedir dinheiro, neguinha!

– Meu nome é Sabrina!

Rafael deu uma gargalhada e disse com sarcasmo:

– Você é a única neguinha aqui e eu vou te chamar do que quiser!

– Ela tem nome!

Fabricio interveio.

– Você é quem? O advogado dela? E se virando para os colegas Rafael zombou: – Olha só, galera! Este ano teremos muita diversão com a neguinha e seu advogado loirinho!

Pra fazer uma defesa tão grande ele deve tá pegando... É ou não é?

Fabricio ia partir pra cima de Rafael, mas Sabrina o impediu de fazer qualquer coisa.

Segurando-o pelo braço, ela falou ao seu ouvido:

– *Não faça isso! É a pior maneira de iniciar nosso ano letivo, podemos ficar marcados como os bichos que vieram pra arrumar confusão! Não valorize o que esse cara diz, vamos participar do trote e vamos sair daqui!*

As palavras sensatas de Sabrina convenceram Fabricio a não valorizar as provocações.

Rafael ficou observando e esperando, pois o que ele mais queria era que Fabricio o enfrentasse, pois assim poderia humilhá-lo na frente de todos.

A inteligência e a sensibilidade de Sabrina evitaram algo pior.

Sabrina e Fabricio participaram do trote atendendo aos pedidos absurdos de Rafael e dos outros parceiros dele.

Ficaram por volta de duas horas no semáforo, e depois disso resolveram ir para casa.

Antes da partida, Cintia se aproximou e falou com os dois:

– Foi mal... Nem todo mundo é como o Rafael, pode acreditar!

– Tudo bem, sem problema... – Fabricio estendeu a mão para garota que de certa forma se desculpava.

– Pra mim também... Tá tudo certo! – Sabrina concordou.

Amor?

Fabricio era um garoto de família com boas condições financeiras e já com dezoito anos ganhou um carro dos pais, por ter entrado na faculdade.

Seu comportamento era simples e ele, apesar de gostar das boas coisas, não ostentava sua boa condição de vida.

Ele não conseguia entender de onde vinha tanta atração por aquela jovem que ele via pela segunda vez.

Muito bonito, sempre foi assediado pelas garotas desde os tempos de ensino médio.

E naquele momento, ele se sentia tão atraído por Sabrina, que era complicado compreender de onde nascia aquela avalanche de sentimentos.

Eles caminhavam lado a lado em silêncio.

Sabrina por sua vez tinha pensamentos semelhantes aos dele:

De onde eu conheço esse garoto, e que estranha sensação ele me provoca. Sinto grande vontade de me atirar em seus braços, beijar sua boca. Os garotos da escola sempre deram em cima de mim, mas nunca me despertaram esse tipo de sentimento.

Eles caminharam por alguns metros em silêncio, até que:

– Posso te levar pra sua casa?

Ela hesitou, pensou em sua condição humilde, contudo entendia que quem gostasse dela deveria aceitá-la como ela era.

– Eu moro um pouco longe, na periferia...

– Não tem problema, eu tô de carro! – ele a interrompeu tentando convencê-la.

– Se você não se importa com isso pode me levar.

Ele sorriu e seus olhos azuis adquiriram brilho mais intenso ainda.

– Acho que só teremos aula mesmo a partir de amanhã...

– É verdade, hoje a galera vai ficar nessa de trote. Você vai ter de raspar sua cabeça, – ela apontou para falha. – Olha o que eles fizeram no seu cabelo!

Ela passou a mão na cabeça dele, e depois de ter feito isso percebeu que tinha agido sem pensar.

No cabelo dela havia caído um pouco de tinta branca e ele por sua vez:

– O seu cabelo tá com tinta branca... – ele disse isso passando a mão na cabeça dela.

– Essa tinta sai quando eu lavar a cabeça!

Eles chegaram ao carro e Fabricio abriu a porta para ela entrar.

Acomodados ele olhou no retrovisor e viu o estrago feito no seu cabelo, sorriu e ligou o som.

Coincidentemente a música que tocava era:

Ela achou meu cabelo engraçado
Proibida pra mim no way
Disse que não podia ficar
Mas levou a sério o que eu falei...

Sabrina sorriu da coincidência.

– A música combina com meu cabelo que está engraçado! – ele disse sorrindo.

– O meu também está engraçado...

Ele ligou o carro e eles seguiram em direção à casa dela.

Sabrina, enquanto orientava Fabricio quanto ao endereço de sua casa, pensava:

Será que existe amor à primeira matrícula?

Como é que pode, como disse a minha mãe, existirem pessoas que vêm morar dentro da gente sem pedir licença! Esse garoto está fazendo isso comigo!

– Eu preciso passar em uma banca de jornal aqui próximo para pegar uma revista, você se importa?

– Claro que não, Fabricio, você está fazendo o favor de me levar pra casa. Pare onde você precisar, sem estresse!

– Beleza! Eu vou pegar uma revista que encomendei; eu faço coleção e me falta esse número! É logo ali...

Ele estacionou o carro, pegou sua revista e voltou rapidamente.

– Olha só, Sabrina, que dez, isso! E entregou a revista e ela folheou.

– É uma revista sobre a Segunda Guerra Mundial, você gosta desses assuntos?

– Sou fissurado... Tenho uma coleção dessa revista e algumas miniaturas de veículos e aviões dessa guerra.

– Que louco isso... Todas as vezes que ouço falar sobre essa guerra sinto um aperto no coração.

– Ué... Por que será?

– Não sei Fabricio, mas me dá uma coisa esquisita. Deve ser algum sentimento mal resolvido. Eu já vi foto dos judeus mortos, aquilo me dá um troço por dentro... Só de saber que milhões de pessoas foram mortas, é trevas pensar nisso!

Ele silenciou por alguns instantes e disse:

– A gente pode se ver novamente?

– Que pergunta é essa, Fabricio? Esqueceu que vamos estudar juntos?

– Eu quis dizer ver hoje à noite...

– Pra quê? – ela fingiu não se interessar.

– Pode ser pra estudar ou coisa assim.

– É melhor a gente se ver pra qualquer "coisa assim", porque não temos nem matéria pra estudar. – ela caiu na gargalhada e ele ficou sem graça.

– Foi mal...

– A minha casa é aquela... – ela apontou.

O carro parou e ela pegou um pedaço de papel, escreveu algo e entregou para ele.

– Esse é o número do meu telefone. Mais tarde, você liga e a gente se vê para qualquer "coisa assim"!

Fabricio caiu na gargalhada.

Ela abriu a porta do carro e antes de sair beijou o rosto dele.

– Tchau!

– Valeu Sabrina, até...

Assim que adentrou a casa ela foi até a lavanderia, certamente Helena seria encontrada lá.

– Oi, mãe!

– Menina, o que é isso?

– O que, mãe?

– Essa roupa e esse cabelo?

– Foi no trote mãe... Eles pegaram um pouco pesado, mas eu e o Fabri tiramos de letra.

– Fabri???

Sabrina ficou sem jeito, pois foi traída pelo que já estava sentindo.

– Fabricio, mãe!

– Ah, sim! Você tava junto com o Fabri e os dois passaram pelo trote.

– Isso mesmo...

– Vá tomar um banho e trocar de roupa, o almoço já está pronto e daqui a pouco eu sirvo.

Helena ficou olhando para a filha, Sabrina então se virou de costas para a mãe e:

– Sabrina, o que é isso nas suas costas?

– Não sei... Tem alguma coisa?

– Olha! O que escreveram nas suas costas? Não tô gostando nada disso!

Ali mesmo Sabrina tirou a camiseta e leu:

Aqui não é lugar de negros!

– Eu não tinha visto isso e nem o Fabricio. Escreveram na hora em que passaram tinta na minha cara e escreveram bicho na parte da frente.

Helena já antevia as lutas que a filha teria de enfrentar.

Sabrina sorriu e afirmou com decisão:

– Não se preocupe, mãe, nada vai me fazer desistir!

Dizendo isso ela foi para o banheiro e durante o banho pensou:

Isso foi coisa do Rafael. Ele é racista, mas eu não vou desanimar. Custe o que custar, eu realizo o meu sonho.

E Fabricio voltou a ocupar sua mente – *Será que o que eu estou sentindo é amor?* E rindo muito, falou em voz alta:

– É amor, ou coisa assim?

Novos amigos

À noite, Fabricio esteve na casa de Sabrina e eles ficaram conversando no portão.

– Já guardou seus tanques de guerra e seus aviões?

– Tudo guardado e devidamente estacionado! – ele disse sorrindo.

Helena apareceu à janela e falou para a filha:

– Convida o moço pra tomar um suco, minha filha!

– Tudo bem, mãe, vou convidar! Você ouviu o convite, quer um suco de abacaxi?

– Hummm... É meu suco favorito, aceito sim!

Após o suco, eles voltaram para o portão e depois de algum tempo Helena apareceu novamente à janela:

– Sabrina – ela gritou – não tá ficando tarde? Amanhã tem aula...

– Tô indo, mãe!

– Acho que já está tarde...

– Tá certo. Vou indo, então... Amanhã a gente se vê!

Ele se aproximou dos lábios dela, próximo à boca, e ela deu a face para ele beijar.

Frustrado, Fabricio beijou com carinho o rosto de Sabrina e seguiu de volta para sua casa.

Na manhã seguinte...

A universidade estava movimentada, o vozerio era geral.

Os alunos iniciantes do curso de medicina ouviriam uma palestra sobre o curso e receberiam as boas-vindas do reitor.

Fabricio e Sabrina já estavam colados um no outro desde cedo.

Assim que ela abriu o portão de sua casa, em direção ao ponto de ônibus, lá estava ele com o carro a esperar por ela.

No instante em que o viu, o sorriso de Sabrina se abriu como o sol se abre em uma nova manhã.

Eles conferiram a lista da classe e descobriram que realmente estudariam na mesma turma.

No momento em que consultavam a lista, duas garotas que estavam procurando por seus nomes os cumprimentaram.

– E aí? Quantos bichos juntos, não é? Meu nome é Ângela e essa é a Karol.

– Meu nome é Sabrina, ele é o Fabricio!

Os cumprimentos iniciais e os quatro rumaram para o auditório onde aconteceriam as apresentações e boas-vindas.

No caminho, eles cruzaram com Rafael e uma galera que o acompanhava.

Ele olhou para Sabrina e sorriu ironicamente, balançando a cabeça negativamente e comentou:

– O nível tá baixando... Tem mais alguns alunos assim por aí...

Karol que viu a cena comentou:

– Esse cara é muito mala, só porque faz parte do D.A. fica se achando! – Karol comentou.

– O que é D.A.? – Fabricio quis saber.

– Diretório Acadêmico... – Ângela respondeu antecipando-se.

– Nossa! Esse troglodita faz parte do D.A.?

– Faz, Fabricio, e é melhor a gente evitar atrito com essa galera, eles não são do bem, segundo a rádio bicho. – Karol alertou.

– Rádio bicho? Fala sério! Agora era Sabrina quem queria saber.

– Rádio bicho é a rede de fofoca da turma nova que acaba de chegar por aqui. É brincadeira minha, eu que inventei isso. Desde que chegamos o nome do Rafael já foi falado por muita gente de uma maneira não muito legal.

– Vamos esquecer essa conversa e participar da apresentação! – Ângela falou em tom de resmungo.

Sabrina olhou para Fabricio, e esse ousadamente segurou sua mão.

Sem forças para resistir, ela aceitou e os dois entraram de mãos dadas no auditório.

O período passou rápido e os quatro novos amigos não se desgrudaram mais.

Já na rua comentando acerca das novidades, Karol, Ângela, Fabricio e Sabrina se despediram:

– Que tal marcar uma baladinha? – Karol propôs.

– Tô dentro! – Ângela aceitou.

– E o que seria essa baladinha? – Sabrina indagou sorrindo.

– Uma pizza rachada, no prato e na conta! – Karol esclareceu.

– Aceito... E você, Fabricio?

– Legal, vamos marcar!

Todos se beijaram e partiram.

Fabricio é claro, não largou da mão de Sabrina.

No carro, ele aproximou seus lábios dos lábios de Sabrina, e mais uma vez ela escapou.

– Você não quer me beijar?

– Calma, vamos devagar!

– Você tem medo?

– Não é isso!

Sem saber a extensão das próprias palavras, Fabricio disse:

– Vai me dizer que é BV?

– BV? É claro que não? Já beijei muito por aí!

– Então, por que foge de mim?

–Nada demais, quero que seja diferente das outras vezes.

– Entendi... – ele falou um tanto desanimado. – Vamos nos ver hoje?

– Hoje não posso!

– Por quê?

– Porque tenho de ajudar minha mãe com as roupas. Hoje é dia de passar roupa pra fora. E tem muita coisa pra ela fazer sozinha. Amanhã a gente se vê na aula.

Eles partiram e quando chegaram à casa dela, Sabrina abriu a porta do carro e antes de sair deu um beijo no rosto dele sem que ele esperasse.

– Tchau...

Ele ficou acompanhando Sabrina com o olhar apaixonado até ela entrar a casa.

Naquela tarde, Sabrina se desdobrou em esforços para ajudar a mãe a passar a roupa.

Veio a noite e as duas, costumeiramente, jantaram juntas.

E antes de dormir Helena pediu:

– Filha, lê uma mensagem pra mim?

– Leio sim, mãe!

E pegando pequeno livro de bolso Sabrina leu em voz alta:

É preciso estar focado no bem para que o bem se faça em nós.

Nossa espiritualidade se manifesta nas pequenas ações onde promovemos felicidade na vida dos que partilham a vida conosco. Mantenha sua atenção nos propósitos que escolheste, mas não se esqueça das coisas invisíveis, as da alma e do coração. Embora não possa vê-las elas são a raiz e a origem de tudo que ocorre diante dos teus olhos.

– Que mensagem linda, né mãe?

– A gente precisa se ligar nas coisas invisíveis, minha filha! A vida não é apenas o que os nossos olhos veem.

– Tá certo, mãe!

As duas se despediram e se recolheram, pois já estava ficando tarde.

Sabrina caminhava por avenida conhecida de sua cidade. Ela estranhava o fato de ser à noite, e isso a inquietava.

Tudo estava deserto e quase não se via movimento de automóveis.

Ela caminhou pouco mais de cem metros, logo à sua frente, do lado direito, ficava um beco de onde ela ouviu um grito.

Sentiu terrível medo, mas resolveu ver o que estava acontecendo, pois tinha ouvido um pedido de ajuda.

Assim que ela olhou para o interior do beco mal iluminado sentiu seu coração pular dentro do peito, sua vontade era sair correndo.

Contudo, o grito de socorro a incomodou e ela resolveu fazer alguma coisa.

A voz era de uma garota, e sobre ela estava um homem muito forte que a espancava.

E para aumentar ainda mais o pavor que Sabrina sentia, o agressor ergueu o braço direito, e apesar da pouca iluminação ela conseguiu ver o tênue brilho da lâmina de um punhal.

O pedido de socorro, naquele instante, era angustiante.

Sabrina decidiu, mesmo expondo a própria vida ao perigo, ajudar aquela garota.

Não havia movimento na rua, mas mesmo assim ela começou a gritar na esperança de que alguém pudesse socorrer aquela moça.

Ela gritou com toda força dos seus pulmões, mas ninguém apareceu, e o assassino nem ao menos se virou para olhar para trás.

Sem outra opção, ela partiu para o confronto. Foi para cima do malfeitor a fim de que ele soltasse a garota.

E sem perda de tempo ela correu gritando, mas o bandido nem olhou, e parecia não ouvir.

E num gesto desesperado, Sabrina se jogou sobre as costas do malfeitor tentando esmurrá-lo.

Mas, algo surpreendente aconteceu, ela transpassou o corpo do assassino.

Ela atravessou o corpo dele e caiu ao chão como se fosse invisível.

Atordoada, Sabrina ficou caída ao chão e não conseguiu ver o rosto dele, pois o indivíduo usava uma máscara.

Infelizmente, ela testemunhou uma agressão que acontece repetidas vezes, e o silêncio da vítima, depois de breves minutos.

Olhando dentro dos olhos daquele bandido ela gritou desesperada.

– Sabrina, minha filha... O que está acontecendo? É só um pesadelo!

Diante dela, sentada na cama, Helena acaricia seus cabelos e tentava acalmá-la.

– Foi um pesadelo, filha!

Sabrina sentou-se na cama e chorou muito abraçada à mãe.

Aos soluços ela tentou falar:

– Mãe... foi... hor... rível...

– Foi apenas um pesadelo... Vou pegar água pra você! Deixa eu ajeitar o travesseiro...

Com muito carinho, Helena colocou dois travesseiros nas costas de Sabrina a fim de que ela pudesse se recostar confortavelmente.

Rapidamente, ela foi à cozinha e voltou trazendo água.

– Tome, beba devagar...

Enquanto a respiração de Sabrina voltava ao normal Helena indagava:

– Você quer conversar a respeito?

– Eu vi um homem encapuzado agredindo uma garota, com um punhal...

– Não valorize isso, mesmo tendo sido tão marcante. Foi um pesadelo, nada mais!

– Foi tão real mãe, tão real! E novamente ela começou a chorar.

– Oh! Filha! Faça um esforço para se acalmar... Respire fundo e se acalme! Tome mais um pouco de água.

Sabrina atendeu a mãe e aos poucos foi se acalmando.

– A senhora lembra que quando eu era criança tinha alguns pesadelos? Sonhava com gente morta que vinha falar comigo...

– Lembro sim, filha, como é que eu posso esquecer!

– Será que esses pesadelos estão voltando?

– Não valorize isso, filha, procure se acalmar agora e tente dormir mais um pouco! Se você quiser eu posso dormir aqui com você.

– Tudo bem, mãe, pode ficar aqui!

– Quer mais água?

Sabrina estendeu a mão e pegou o copo tomando toda água com açúcar que a mãe havia trazido.

Helena se deitou ao lado da filha e mentalmente fez uma oração pedindo ajuda a Deus para acalmar sua filha.

– Sabrina, faça uma oração e peça proteção a Deus e a seus mensageiros para aprender a lidar com essas coisas invisíveis. Lembra da nossa mensagem antes de dormir?

– Lembro sim, mãe!

– Então, vamos prestar atenção nesse lado da vida.

Alguns minutos depois.

Abraçada à mãe Sabrina adormeceu.

Constatação

– Tome pelo menos o suco... – Helena pediu com carinho.

– Vou tomar mãe...

– O Fabricio vem te pegar?

– O Fabricio é um anjo em minha vida. Sabia que ele vem desde o primeiro dia me pegar aqui na porta?

– Ele parece ser um bom menino.

– E é de verdade, mãe!

– Está se sentindo melhor?

– Um pouco assustada, pois aquelas cenas não saem da minha cabeça!

– Tudo vai ficar bem, você vai ver.

– Vou indo mãe, tá na hora!

Elas se beijaram...

– Qualquer coisa me liga!

– Ok mãe! Eu ligo se precisar!

Sabrina abriu o portão, e igual aos dias anteriores Fabricio já estava aguardando.

Ela entrou no carro e beijou o rosto dele.

– Tudo bem? – ele perguntou.

– Não, eu não tô legal!

– O que aconteceu?

E pelo caminho Sabrina foi narrando acerca da péssima noite que tinha passado.

Detalhou todos os fatos de que tinha lembrança.

Após ouvir o relato de Sabrina, com muita atenção, Fabricio falou surpreendendo-a:

– Você pode ter experimentado um fenômeno natural chamado *emancipação da alma.*

– Como é que é? Emancipa o quê?

– Emancipação da alma, isso acontece todas as vezes que o espírito sai do corpo e vê fatos que já aconteceram ou podem acontecer!

– Como é que você sabe essas coisas?

– Eu estou espírita nessa vida e nós estudamos esses fenômenos naturais. Muita gente tem esse tipo de sonho, mas não sabe como tudo acontece.

– Sua família é espírita?

– Minha família está espírita.

– Por que, está?

– Porque já vivemos outras vidas e certamente tivemos outras religiões. E fazendo breve pausa ele continuou: – Eu posso ter sido muçulmano, budista ou judeu... Você e sua mãe têm alguma religião?

– Na verdade, não frequentamos nada, minha mãe faz as preces junto comigo. Ela gosta muito de livros espiritualistas e de mensagens. Mas frequentar de verdade, a gente não frequenta.

– Entendi...

Eles chegaram ao estacionamento da universidade e olharam para o portão principal.

– Olha, Fabricio! Que muvuca é aquela?

– Nem imagino, vamos descobrir em um minuto!

Eles caminharam apressadamente e ao chegar à porta principal tomaram conhecimento do fato.

Um grande cartaz avisava os alunos:

NOTA DE FALECIMENTO

HOJE NÃO HAVERÁ AULA, POR CAUSA DA MORTE DA PROFESSORA INÊS, DE NEUROANATOMIA MÉDICA.

Karol e Ângela se aproximaram.

– Vocês souberam o que aconteceu com a professora? – indagou Karol.

– Nem imaginamos... – Sabrina falou naturalmente.

– Pois é! Ela foi assassinada... – Ângela informou.

As pernas de Sabrina começaram a tremer.

Fabricio que a observava segurou em seu braço e disse:

– Calma, procure ficar calma...

– O que houve, Sabrina, não tá passando bem? – Karol perguntou preocupada.

Reunindo forças para dominar o mal-estar ela indagou as novas amigas:

– Vocês sabem onde o crime aconteceu?

– A galera tá comentando que foi na avenida principal no centro da cidade... Não foi isso, Ângela?

– Foi o comentário que ouvimos...

Sabrina foi levada por Fabricio para um banco ali próximo e seguido pelas duas novas amigas.

– É melhor voltar pra casa, você me leva, Fabricio?

– Claro... Vamos agora...

– Eu gostaria de ir com vocês, quem sabe eu possa ser útil? –Ângela se ofereceu de boa vontade.

– Nesse caso eu vou também... – Karol avisou.

– Então, vamos todos... Não tem problema! – Sabrina concordou.

O pequeno grupo partiu e pelo caminho, com autorização de Sabrina, Fabricio narrou o que havia acontecido naquela madrugada.

– Ouvimos um comentário não muito legal sobre a morte da professora...

– Ângela, cala a boca! – Karol pediu bronqueando com a amiga.

– Pode falar, Ângela, não tem problema, o que foi que você ouviu? – Sabrina questionou.

– A professora Inês era uma pessoa muito querida pelos alunos, mas o lado podre da universidade a perseguia e discriminava...

– Por que, Ângela?

– Agora fala tudo língua de trapo! – ralhou Karol.

– Ela era perseguida por ser negra...

Sabrina fez um esforço para se lembrar do rosto da vítima, mas não conseguiu, pois estava muito escuro.

– Ela foi morta como?

– Parece que foi com faca...

O coração de Sabrina se angustiava a cada detalhe.

Finalmente, eles chegaram e todos adentraram à casa humilde.

Helena, que estava lavando a roupa deixou seus afazeres, preocupada, e tomou ciência do que estava acontecendo.

– Parece um caso de desdobramento, dona Helena. A Sabrina saiu do corpo em espírito e presenciou o crime. Isso pode acontecer com algumas pessoas, não é fantasia ou loucura. Ela precisa ter conhecimento, aprender que é algo natural para saber como lidar com a situação.

– Eu não entendo nada disso, meu filho!

– Mas tudo vai ficar bem, pode acreditar! – Fabricio falou, procurando amenizar o efeito da situação.

– Isso pode se repetir? – Sabrina quis saber.

– Pode

– E o que vou fazer?

– Você não vai fazer nada, porque não existe um botão que se possa apertar e a situação se alterar do dia pra noite. A gente vai conversando sobre o tema. Se vocês quiserem eu posso levá-las ao centro espírita que frequento.

Helena olhou para a filha e falou com receio:

– Não entendo muito dessas coisas, mas a gente pode ver isso depois.

– Isso pode acontecer com qualquer pessoa? – Karol indagou.

– Pode acontecer com algumas pessoas que têm mais sensibilidade mediúnica.

– Como assim? – Ângela questionou.

– Algumas pessoas têm um tipo de antena invisível que capta as coisas do mundo invisível. São aqueles chamados médiuns e é possível que a Sabrina seja um sensitivo.

– Que loucura isso! – Karol afirmou.

– Mas vamos com calma. Uma coisa de cada vez. – Fabricio disse sorrindo.

– Sabrina, você conseguiu ver o rosto do assassino? – Karol falou curiosa.

– Ele estava com aquelas máscaras que parecem gorros de lã. Não consegui ver mais nada.

– É melhor manter esses fatos em segredo. Ninguém precisa saber disso, tá certo meninas? – Helena aconselhou.

– Tá certo... – as duas responderam em uma única voz.

Novo susto

Todos almoçaram juntos com Sabrina e sua mãe, em grande clima de amizade e carinho.

A tarde chegou e Fabricio precisou voltar para casa. Porque ele estava de carro aproveitou para levar Karol e Ângela com ele.

Na manhã seguinte, o clima na universidade ainda era de tristeza, pois a professora Inês era muito querida.

Sabrina e Fabricio chegaram para a aula, seguidos pelas duas inseparáveis amigas.

Naquele dia, tudo parecia caminhar para a normalidade.

E foi dessa maneira que o período transcorreu, sem maiores dificuldades.

Embora a profunda tristeza dos alunos mais antigos, a vida tinha de continuar.

No final da aula, Sabrina e Fabricio caminhavam pelo campus em direção ao estacionamento.

O casal chamava muito a atenção de todos.

Ela negra como a noite, ele claro como o dia.

Ela com toda beleza e exuberância da sua raça.

Ele com toda beleza e elegância do seu porte atlético.

Muitas garotas se insinuavam para Fabricio.

Muitos garotos desejavam se aproximar de Sabrina.

Mas, tanto um quanto o outro tinham os olhos voltados para o amor imenso que só fazia crescer a cada novo encontro, a cada novo dia.

A família de Fabricio não se opunha às escolhas do rapaz, pois ele era um garoto muito ajuizado.

Já Helena se encantava, a cada dia, pela educação que ele demonstrava em todos os sentidos.

Sempre muito respeitoso com ela e com a filha.

Helena tinha um único medo: que os dois terminassem o namoro, pois ela também estava se apegando emocionalmente ao galego, conforme ela o chamava, às vezes.

O dia envelhecia e mais uma noite se aproximava.

A rotina das despedidas.

Sabrina caminhava de mãos dadas com Fabricio até o portão.

No momento em que ele se virou para se despedir, ela colou sua boca na dele e o beijou com sofreguidão.

Ele não esperava e sentiu um sufocamento que lhe despertou sensações maravilhosas a lhe percorrer o corpo.

Sentia que os seus pés saiam do chão – flutuava – tamanho o prazer que experimentava.

Sabrina, por sua vez, o beijava tão intensamente, que parecia saborear uma fruta madura e suculenta em tarde quente de verão.

Ela se perdeu totalmente nos lábios de Fabricio.

Sua ânsia era saciar-se de amor, um amor que transcendia aquele momento e aqueles corpos juvenis.

Aquele beijo era o beijo incontido que o tempo fez adiar.

As silhuetas coladas revelavam que aquelas almas desde há muito se amavam.

Quando o beijo cessou...

As respirações ofegantes revelavam o ritmo melodioso do amor.

Em seguida, um leve roçar de lábios marcava a despedida.

Fabricio ligou o carro e ela o olhava se afastar fisicamente, mas com a certeza de que o lugar dele estava guardado dentro do seu coração.

Assim que ela entrou em casa:

– Filha, o que foi aquilo? Terminou com a boca virgem em grande estilo, né? Pensei que ia ter de chamar os bombeiros para desgrudar vocês dois!

Sabrina nada falou, pois, extasiada, apenas disse:

– Boa noite, mamãe!

Ela foi para o quarto e deitou-se, adormecendo em seguida.

– O campus está vazio essa hora? Será que não tem aula?

Sabrina caminhou pelos corredores do campus universitário e surpreendeu-se, pois não havia um único aluno.

Ela chegou à porta de saída e viu o grande jardim logo à sua frente, totalmente arborizado.

Sentindo-se feliz e serena, resolveu caminhar por entre as árvores e jardins. Assim que iniciou sua caminhada viu a cerca de 100 metros aproximadamente aquele homem de costas para ela, que acabava de vestir uma máscara.

Distraída ela nem viu que um jovem estudante, usando solidéu[1], passava por ela. Era um estudante judeu.

Ela percebeu o mascarado se escondendo atrás das árvores.

Pressentindo o que ia acontecer, ela correu atrás do estudante judeu e, ombro a ombro com ele, tentou alertá-lo.

– **Volte, você corre perigo!** – ela gritou para ele, mas não foi ouvida.

Sabrina tentou segurar o jovem pelo braço, mas a mão dela atravessou o braço dele.

Novamente, aquela sensação de impotência.

O jovem judeu se aproximou da árvore e covardemente recebeu um soco no nariz.

O mesmo assassino insano atacava novamente.

Com um soco inglês na mão direita, o homem mascarado desferiu golpes certeiros no rosto do garoto indefeso.

Aos prantos, Sabrina correu pelo campus e localizou um dos vigias dentro da guarita.

Insistentemente, ela falava ao vigilante, que depois de alguns segundos parecia ceder à influência, mesmo não a vendo.

O vigia, inspirado pelos apelos mentais de Sabrina, saiu da guarita e caminhou pelo campus.

Nesse momento, resolveu pegar o apito do bolso e acionar.

Sabrina disparou na frente e correu para o local da agressão.

---

1 **Solidéu** (em latim *Pileolus*), *yarmulke* (em iídiche יאַרמלקע, *yarmlke*, do polonês *jarmułka*, que significa "boina") é um pequeno barrete usado na cabeça por motivos religiosos. Seu nome provém do latim *soli Deo*, "somente para Deus" (www.wikipedia.com).

O bandido já havia fugido, e o jovem estudante estava caído ao chão.

Ao ser encontrado pelo vigia, o ferido foi imediatamente socorrido.

Sabrina despertou em seu quarto.

Dessa vez, embora o medo terrível, ela conseguiu se controlar.

Olhou no relógio: 02h00min horas da manhã.

Apanhou o celular e enviou um torpedo para Fabricio.

Ele, então, ligou para ela e tomou conhecimento do novo sonho.

– Será que já aconteceu? – ela indagou.

– Não dá pra saber, infelizmente! Amanhã vamos verificar quando chegarmos ao campus. Procure se acalmar; tudo vai ficar bem. Se você está passando por essa situação é porque temos algo a aprender com ela.

– Não vou comentar nada com a minha mãe, não desejo preocupá-la!

– Você faz bem! Pra quê criar mais preocupações pra ela? Não tem sentido, se for necessário em algum momento, então, a gente fala tudo.

– Está bem!

Ela olhou novamente no relógio:

– São 03h:30min da manhã... Vou tentar dormir...

– Passo pra te pegar logo cedo...

– Te espero! Obrigada pela ajuda...

– Não agradeça, eu te amo!

– Eu também te amo!

SURPRESA

Eles chegaram ao campus e tudo parecia normal.

Não se tinha notícia de que algo diferente tivesse acontecido.

Perguntaram na secretaria, no posto central de segurança, e nada!

– Ah! Graças a Deus! Dessa vez foi apenas um sonho mesmo!

– Sim, Sabrina, dessa vez foi alarme falso.

Na universidade, cada aluno tem um armário particular onde pode deixar seus livros e outras coisas guardadas.

Naquela manhã, Sabrina se dirigiu ao seu armário para pegar alguns livros que havia guardado no dia anterior.

Ao se aproximar surpreendeu-se, pois à volta do seu armário estavam alguns jovens curiosos vendo algo errado.

– Com licença... – pediu com a chave em mãos.

Ao ficar em frente ao armário se assustou.

Haviam pichado o armário com palavras de teor racista:

AQUI NÃO É LUGAR DE NEGROS!!! FORA MACACA!!!

Ela nem abriu o armário, foi até a secretaria e comunicou o acontecido.

Diante da morte da professora Inês, clima de medo, entre os alunos afrodescendentes, se instalou na universidade.

Fabricio ficou indignado.

Karol e Ângela, que chegaram depois, tiraram algumas fotos com o celular para postar nas redes sociais.

Ninguém conseguiu apurar os responsáveis pela agressão, mas todos sabiam que algo estava errado naquela universidade.

Na mesma semana, um jovem estudante judeu de nome Aldon teve seu armário pichado com frases antissemitas.

Certa manhã, Fabricio e Sabrina estavam sentados sob uma árvore no campus, namorando descontraidamente, quando um aluno usando solidéu se aproximou pedindo licença:

– Posso falar com vocês?

– Sim, claro! – respondeu Sabrina com educação.

– Meu nome é Aldon e sou um dos estudantes que teve o armário pichado também, venho sofrendo perseguição por ser judeu. Imagino que você, por ser negra, esteja passando por alguma barra por causa da sua condição!

– É verdade, Aldon, meu nome é Sabrina e esse é o Fabricio, eu já tive meu armário pichado por duas vezes. E sei bem o que é essa perseguição.

Fabricio e Aldon trocaram um aperto de mãos entusiasmado, como se já se conhecessem.

– Pensei que pudéssemos nos unir, e assim ficarmos mais fortes, não é? O que vocês acham?

– É verdade Aldon... Vamos divulgar na universidade a ideia de marcar uma reunião com os perseguidos pelo preconceito, os que de alguma forma já sofreram algum tipo de piada ou agressão preconceituosa.

A conversa ganharia mais duas participantes:

– Olá! – Karol e Ângela chegaram naquele instante cumprimentando a todos.

– Karol e Ângela, esse é Aldon, nosso colega de universidade. Ele também anda sofrendo perseguição por ser judeu. – Fabricio apresentou o novo amigo.

– Olá, meninas!

– Oi, Aldon... – Karol falou sorridente.

– Oi, Aldon... – Ângela cumprimentou beijando-o no rosto.

– Vamos combinar pra gente se encontrar para um lanche fora da universidade? – ele falou animado.

Todos aceitaram o convite.

– Então, galera, estivemos perto da reitoria e lá fixaram algumas normas para combater essa onda de agressões. Abriram investigação e a polícia foi chamada pra ajudar a descobrir quem está agindo dessa maneira.

– Karol, eu não sei se essas medidas vão resolver alguma coisa! – Fabricio comentou desconfiado.

– Pelo menos estão tentando, não é?

– Que tal se a gente tentasse descobrir alguma coisa? – Ângela sugeriu.

– Como assim? A gente agiria feito detetives?

– Isso mesmo, Sabrina! – Karol confirmou animada.

– Pode ser perigoso...

– Perigosa é a situação que a gente tá vivendo! – afirmou Ângela sem vacilar.

– Então, se liga! – Karol chamou atenção de todos – Essas agressões partem de dentro da própria universidade. E certamente é coisa de alguns alunos. Eu desconfio do Rafael. Ele se entregou no dia do trote. Tirava sempre uma onda dos bichos com muita ironia. Pegava no pé dos negros...

– Isso mesmo, Karol – Ângela interrompeu – eu lembro que, naquele dia ele humilhou um garoto só porque ele se comportava e falava de maneira delicada.

– Vocês duas já estão me convencendo! – Fabricio comentou animado.

– Também estou ficando interessada! – Sabrina concordou com o namorado.

– E o que vamos fazer? – Aldon indagou.

– Vamos tentar descobrir mais informações sobre o Rafael!

– Mas como a gente vai fazer isso, Karol? – Aldon perguntou novamente.

– Isso é fácil, as redes sociais podem ajudar...

– Espera um pouco, Karol... – dizendo isso, Aldon puxou da mochila uma *Tablet* e se conectou. Em poucos minutos ele apontou. – Olha aí, galera, ele tem página em rede social. Vamos ver as postagens dele!

Todos se reuniram em redor da pequena tela e Sabrina observou:

– Acho que ele não vai dar bandeira de colocar alguma coisa que o comprometa!

– A Sabrina tá certa, precisamos ser mais ousados...

– Ousados como, Ângela? – Fabricio indagou.

– Sei lá... Podemos seguir o Rafael por alguns dias e ver o que descobrimos! O que vocês acham?

– Que loucura isso, galera! Mas eu tô dentro! – Aldon anunciou esfregando as mãos.

– Fala sério, Aldon! Você com esse seu jeitinho, solidéu na cabeça, não é nada conservador, não é? – Ângela provocou.

– Minha cabeça e de muitas outras pessoas estão em risco. Sou judeu e isso não significa que aceito tudo sem reagir.

– Precisamos fazer as coisas com cuidado, isso não é brincadeira! – Sabrina advertiu.

– Eu e o Aldon podemos seguir o Rafael! Vamos descobrir onde ele mora – a parte mais fácil, e depois acompanhá-lo por alguns dias! – Karol propôs animada.

– A ideia é boa, mas repito, precisamos ter cuidado! – Sabrina falou com ares de preocupação.

– Pode deixar, Sabrina, teremos cuidado! Vamos passar os números de telefone um do outro e aí a gente vai poder se falar por mensagem. Todo mundo tem WhatsApp?

– Você tá certo, Aldon! Vamos fazer isso agora! – Fabricio concordou.

– E quando iremos nos reunir novamente? – Ângela perguntou.

– Pode ser na minha casa, eu informo o horário pelo celular. – Sabrina avisou com tom grave na voz.

– Então, fica combinado! Nem precisamos comentar que o papo é reto e ninguém pode saber disso! – Ângela advertiu.

O silêncio foi a resposta de todos, e o olhar o sinal de um compromisso assumido.

Sozinhos, Sabrina e Fabricio comentaram a respeito do sonho dela com a possibilidade de Aldon ser a vítima da agressão.

Eles sabiam que não podiam fazer nada, o jeito era se esforçarem a fim de proteger a todos e aguardar.

Novas descobertas

Karol e Aldon tomavam sorvete descontraidamente na porta da universidade, aguardando a saída de Rafael.

Ambos estavam de bicicleta.

Não demorou muito e Rafael passou de mãos dadas com a namorada.

– Parece que ele vai a pé, vamos aguardar para manter mais distância e segurança!

– Tá certo, Aldon, a gente espera!

Os dois amigos ficaram sentados sobre as bicicletas aguardando para seguir Rafael.

Mochila às costas, capacete e luvas nas mãos, ambos estavam preparados para a investigação.

– Acho que agora já dá pra gente seguir os dois... – avisou Karol.

– Sim, vamos ver onde ele mora!

Mantendo distância segura eles observavam de longe.

Depois de trinta minutos...

Rafael parou em frente a uma casa de esquina com muros altos, tocou a campainha e rapidamente o portão se abriu e ele entrou com a namorada.

– Será que ele mora aí?

Karol deu de ombros e afirmou:

– É melhor a gente aguardar um pouco...

– Olha, Karol... Tem mais gente chegando...

Um carro parou em frente à casa e quatro jovens altos e fortes tocaram a campainha e adentraram a casa em que Rafael já estava.

Karol e Aldon se entreolharam com admiração e decidiram esperar por mais tempo.

Eles ficaram à sombra de uma grande árvore sentados na calçada.

Cerca de duas horas depois Rafael saiu com a namorada, ambos acompanhados por um senhor que veio abrir o portão.

– Não acredito no que estou vendo!

– O que foi, Karol?

– Aldon, aquele senhor abrindo o portão é o reitor!

– Fala sério! Tem certeza?

– Claro que eu tenho!

– Então, ali é a casa do reitor, Karol, e pelo jeito o Rafael tem passagem livre para entrar.

– Aldon, então tá explicado, é por isso que o Rafael já aprontou tanto e nunca recebeu nenhuma punição! Ele parece ter intimidade com o reitor, pois eles se despediram com sorrisos e alegria.

– É verdade... Mas vamos seguir o Rafael! Parece que a gente conseguiu descobrir algo que ninguém desconfia!

Eles subiram na bicicleta e seguiram atrás de Rafael.

Mais algumas quadras e Rafael e a namorada pararam em frente a uma loja de tatoo.

– Karol, ele vai fazer uma tatoo!

– Pode ser ela também!

– Pelo jeito a gente vai ter de esperar, e eu tô morto de fome!

– Para, Aldon, que eu sei que você tá acostumado a jejuar, então segura a sua onda mais um pouco. Eu também tô faminta, mas é por uma boa causa!

Sem graça, Aldon disse:

– Tá certo, e por acaso a causa é o meu pescoço!

Karol sorriu.

– Vamos ficar ali na esquina, é mais protegido pra nós!

– Vamos Karol...

Uma hora e meia após, Rafael saiu com a namorada.

– Vamos seguir os dois?

– Acho que a gente deve entrar no tatoo e saber quem fez a tatuagem! – Karol sugeriu.

– Por quê?

– Pra descobrir mais alguma pista pela tatuagem que ele ou ela estão fazendo. O que você acha?

– É possível... Mas acho melhor você perguntar! Sabe como é, as garotas sempre são mais bem atendidas!

– Combinado!

Eles entraram e uma garota com várias tatuagens nos braços os atendeu:

– E aí, posso ajudar?

– Pode sim, vi uma amiga minha saindo daqui agora, mas não consegui alcançá-la. Ela já escolheu a tatoo que vai fazer?

– Acho que você se enganou, pois quem está terminando a tatoo é ele...

– Ah, então ela me enganou, disse que iria fazer – e disfarçando continuou – até combinamos de fazer alguma coisa juntas.

– É... Você se enganou mesmo...

– E a tatuagem dele, é “manera”? O Rafael é um cara irado, tenho certeza que ele deve ter escolhido uma tatoo legal...

– Eu achei muito sem noção a tatuagem deles.

– Deles? – Karol indagou curiosa.

– Assim, ela já tinha uma tatoo e ele fez outra igual à dela...

– Nossa, fala sério! Eu pensei em fazer uma igual a dela também, mas ela nunca me mostrou, disse que era segredo...

– Eu não sei o porquê dessa galera fazer uma tatoo como aquela se é pra manter escondido? E outro dia, mais uns carinhas vieram com eles e fizeram a mesma tatoo!

Aldon e Karol se olharam e ela perguntou com muita curiosidade:

– Você pode mostrar pra gente?

– Vou mostrar. Você e o seu namorado também vão fazer uma? – ela perguntou olhando para o Aldon.

Karol olhou para ele, sorrindo com o que a garota tinha dito.

Ela ia desmentir o fato, mas preferiu ficar quieta.

– Você pode mostrar pra mim e pra minha namorada a tatoo deles? – Aldon falou entrando no clima da atendente.

– Vou mostrar, mas é segredo, eu não poderia fazer isso, fica entre a gente, valeu?

– Claro, fica entre a gente! – Karol disse isso beijando os dedos em cruz.

– É essa aqui...

Aldon levou um susto e mal conseguiu disfarçar.

– Tem certeza que é essa? – Karol perguntou sem acreditar.

– Claro que tenho, fui eu mesma que fiz nele? Terminei hoje de fazer o acabamento.

– Agradecemos muito sua confiança em nós... – Aldon falou puxando Karol pela mão.

Muito surpresa, ela se deixou levar.

– Mas vocês não vão fazer a tatoo?

– Vamos, mas não hoje... – Karol falou se afastando.

Já na rua, Aldon perguntou:

– Karol, você viu o que eu vi?

– A tatuagem deles é a suástica nazista! Eu tô besta!

– Precisamos falar com o resto da galera! – Aldon avisou.

SOFRIMENTO

– Estão todos aqui, então podemos começar... – Sabrina falou com ar de preocupação.

– Vocês podem explicar como foi que descobriram as coisas que passaram por mensagem pra gente? – Fabricio pediu.

– Saímos da universidade ontem e...

Karol e Aldon explicaram tudo nos mínimos detalhes.

– Estou surpresa com tudo isso! – Ângela comentou.

– A minha surpresa está no relacionamento do reitor com o Rafael! – Aldon se espantou.

– E o que a gente vai fazer diante disso tudo? – Karol questionou.

– A gente precisa agir com calma, porque eles são perigosos! Não sabemos se a morte da professora Inês tem a ver com eles! Por isso, é melhor aguardar mais um pouco... – Fabricio falou demonstrando bom-senso nas palavras.

– Vamos observar mais um tempo, mas com muito cuidado e vigilância. Eles não podem imaginar que tem alguém desconfiando deles! – Aldon argumentou preocupado.

– O Aldon tem razão... – concordou Ângela.

– Todos estão de acordo? – Sabrina indagou.

Unanimemente, todos aceitaram aguardar mais alguns dias.

– A gente volta e frequenta as aulas normalmente, mas vamos estar sempre juntos, assim um protege o outro.

O grupo de amigos recebeu as palavras de Fabricio com carinho e respeito.

Após mais alguns comentários eles se despediram e Sabrina ficou a sós com Fabricio.

Sozinhos o amor falou mais alto, e eles se perderam nos carinhos e na ânsia juvenil de amar por algumas horas.

No dia seguinte na universidade...

Todos estavam normalmente em aula.

Aldon, que havia se atrasado para a aula, resolveu cortar caminho por um beco atrás do muro da universidade.

Por várias vezes ele fez aquele percurso.

Ainda era cedo e no beco deserto Aldon apressou os passos.

A certa altura, já próximo de virar na esquina da universidade, quatro homens encapuzados saltaram de construção abandonada e o agarraram pelo pescoço.

Um deles que parecia ser o chefe começou a esmurrar e a chutar Aldon.

Seu pequeno solidéu caiu ao chão.

Na ânsia de se defender, Aldon segurou na manga comprida da blusa do agressor rasgando-a, com isso a tatuagem com a suástica no braço direito ficou à mostra.

Depois disso não viu mais nada, porque um soco certeiro o fez desmaiar.

Aldon foi severamente agredido, e seus agressores imaginaram tê-lo matado.

Sabrina, Fabricio, Ângela e Karol começaram a procurar pelo amigo na hora do intervalo de aulas, pois ele não atendia ao celular.

Foi uma criança que passava pela viela que descobriu o corpo caído e avisou a universidade.

O pânico foi geral.

Ambulância, carros de polícia e novamente a aula no campus ficou comprometida.

Sabrina e Fabricio tentaram acompanhar Aldon na ambulância, mas não conseguiram.

Preocupados, todos se dirigiram para o hospital próximo à universidade.

Assim que os quatro amigos chegaram ao saguão do grande hospital encontraram o reitor, que tomava as medidas administrativas para a internação de Aldon.

– Como ele está, reitor? – perguntou Sabrina preocupada.

– Vai fazer alguns exames, não temos como saber por enquanto.

E pedindo licença o reitor se afastou.

– Vamos ficar de olho nele! – Karol falou baixinho.

– O que interessa agora é saber notícias do Aldon. É isso que nos interessa! – afirmou Sabrina.

– Parece que seu sonho... – Fabricio foi interrompido na fala.

– Não sei o que dizer – ela falou amargurada – não foi exatamente como sonhei, dentro da universidade, mas o local pouco importa, pois ele foi atacado e não pudemos fazer nada! De que me adianta sonhar e não poder fazer algo?

Grossas lágrimas correram pelo rosto de Sabrina embargando a sua voz.

Fabricio a abraçou com muito carinho falando com ternura:

– Você não tem culpa...

– Eu devia ter contado a ele...

– Se você contasse ele poderia ter medo até de sair de casa, ou passar por outra situação qualquer. Não dá pra gente prever muita coisa. Vamos esfriar a cabeça e torcer pra ele ficar bom!

O casal permaneceu abraçado por alguns minutos.

– Vou ficar por aqui até saber notícias dele! – Karol afirmou determinada.

– Eu também... – Ângela comentou.

– Me disseram... – Sabrina falou pausadamente.

– Disseram o quê? – Fabricio questionou.

– Me disseram que no momento em que o Aldon foi socorrido ele delirava dizendo: *Somos jovens demais para morrer.*

– Ele vai sair dessa, Sabrina! Tenho certeza que vai... – Karol falou angustiada.

A família de Aldon chegou ao hospital e acolheu os jovens amigos dele com muito carinho.

Duas horas se passaram e...

– Os acompanhantes do Aldon, por favor, o doutor Augusto vem falar com vocês!

Alguns minutos após, e o médico se apresentou comunicando a todos:

– Ele teve duas costelas quebradas e muitas escoriações pelo corpo, não corre risco de morte, mas vai ficar alguns dias internado!

Todos respiraram aliviados, pois a preocupação era grande.

– Ele pode falar, doutor? – a mãe de Aldon quis saber.

– Sem exageros, visitas, por enquanto, só o estritamente necessário. Agora devemos deixá-lo descansar!

Todos se abraçaram aliviados.

Karol chorou emocionada.

– Eu, hein Karol! Você está apaixonada? – Ângela cutucou a amiga.

– Euuu... De jeito nenhum!

– Mas parece, porque você ficou descabelada e nervosa mais do que todos nós juntos!

Karol silenciou, mas por dentro sentia grande alegria.

VIDAS PASSADAS

Fabricio levou Sabrina para casa.

– Eu não sei o que fazer se voltar a ter novos sonhos premonitórios, é esse o nome?

– Sim, são visões que o espírito tem enquanto o corpo dorme. Como eu te falei, algumas pessoas têm essa percepção, mas nem tudo que elas sonham se torna realidade.

– Entendi Fabricio, mas pode acontecer de novo, não é?

– Pode sim..., mas procure encarar tudo com normalidade, não tenha medo...

– Não é tão fácil assim, Fabricio, na hora em que acordo o desespero e o medo me dominam.

– Já ouvi dizer de pessoas que tiveram essa experiência algumas vezes, mas com o tempo as premonições pararam de acontecer.

– Espero que isso aconteça comigo, não quero saber do futuro de ninguém, muito menos da morte das pessoas!

– Você está certa Sabrina, eu também me sentiria mal no seu lugar, mas pelo menos você tem uma explicação e pode lidar com essas coisas de uma maneira diferente.

Sabrina aproximou os lábios dos lábios dele e disse com ternura na voz:

– Ainda bem que tenho você e seu amor...

O beijo foi inevitável, e a entrega aos sentimentos e sensações do momento especial aconteceu naturalmente.

Eles permaneceram trocando carinhos e as mais singelas juras de amor.

O envolvimento era tão intenso que não cabia explicação, pois era um amor que transcendia o humano.

A despedida demorada e mais um beijo transbordando emoção.

– Oi, amor! – Helena abraçou a filha com muito afeto.

– Oi, mãe...

– Como estão as coisas?

– Difíceis, mãe. Estou com medo...

– Não fique assim, logo tudo passa. É só um momento difícil.

– Mas, em certas horas tenho muita dificuldade em aceitar tudo isso!

– Mas veja minha filha, ao lado de coisas ruins sempre estão coisas boas, tudo isso pra compensar a nossa luta. Ninguém tá desamparado! Você conheceu o Fabricio que é um garoto muito bom e te ama muito...

Sabrina ficou refletindo acerca das palavras da mãe e comentou:

– É verdade mãe, tem razão! Vou seguir na batalha, pois sei que não tô sozinha!

– Assim que se fala!

– O Fabricio é um querido!

– Então, filha... Pelo que vejo vocês terão muito tempo nessa vida afora...

– Tá certo mãe, obrigada!

– Então, que tal a gente comer alguma coisa agora?

– Oba! Tô com muita fome!

– Fiz aquele franguinho recheado que você gosta.

– Vou tomar um banho e a gente come, pode ser?

– Isso filha, vou arrumar a mesa e preparar tudo.

Helena se aproximou da filha e a beijou com amor.

Após breves minutos...

A casa foi invadida pelo aroma que despertava mais ainda o apetite de mãe e filha.

Elas comeram em silêncio.

Após o jantar...

– Vou te ajudar a lavar a louça, mãe!

– De jeito nenhum... Vá cuidar das suas coisas, você me disse que tem livros pra ler.

– É verdade, farei isso!

Sabrina se entregou à leitura de matérias da universidade e o tempo foi passando.

Em um momento ou outro, ela parava e escrevia uma mensagem de texto no celular e enviava ao Fabricio.

A hora foi avançando e o sono chegando.

Tonta de sono, ela foi para a cama e adormeceu.

Em alguns minutos, ela se viu em pé ao lado da cama.

Surpreendeu-se com a imagem dela duplicada, viu o corpo na cama e ficou em pé ao lado dele.

– Eu tô ficando maluca?

– Não... Você não está maluca...

A voz vinha de uma mulher de rosto sereno e amoroso.

As palavras dela soavam como música no coração de Sabrina.

Ela sentia que conhecia aquela mulher, mas de onde?

Experimentava apenas uma emoção imensa na alma, uma alegria, pois era como se estivesse matando saudade há muito acalentada.

Sem o menor receio, se aproximou da senhora que fez o mesmo em direção a ela.

As palavras foram desnecessárias, apenas o abraço transbordando energias espirituais envolveu os dois corações.

– Eu não me recordo da senhora, mas acho que já a conheço!

A mulher sorriu e falou:

– Estamos unidas desde muitas vidas, mas nessa oportunidade eu não voltei para a Terra ao seu lado. Sou Anne, sua mãe e amiga de muitas oportunidades!

– Amiga de muitas vidas?

– Isso mesmo, quando você despertar não irá se lembrar do nosso encontro. Sentirá apenas o bem-estar dentro do seu coração, o bem-estar que todos os que se amam nas duas dimensões da vida experimentam. Assim como alguns sonhos têm tirado a sua paz, por causa das premonições, existe o outro lado da ajuda que todos recebem. Por isso estou aqui, para te abraçar espiritualmente e te dar forças para seguir adiante.

– Não sei por que isso tem acontecido comigo.

– Você é sensitiva, consegue registrar algumas impressões das duas dimensões da vida. Vim para te abraçar e trazer esperança para melhores dias.

– Tá muito difícil. Eu sou discriminada por causa da minha cor!

– Isso não é nada, você vai superar!

– Fico triste pela minha mãe, ela sofre muito!

– Não se entristeça com isso, Sabrina, sua mãe é aprendiz como você! Ela te acompanha e te ajuda desde sua vida passada.

– Sinto algo muito forte por ela, não consigo explicar!

– Sua mãe está aproveitando muito bem a vida atual, como fez em vida passada. Ela te cuidou e amou muito, mesmo sendo apenas uma governanta. Ela não tinha obrigação nenhuma com você, pela perseguição que os judeus sofriam, mas ela não se perturbou e te amou como verdadeira mãe. Quando eu tive de partir da sua vida te deixando ainda pequena, foi ela que te acalentou e amou em meu lugar.

– E meu pai? Onde ele tá? Não posso ver ele?

– Ainda não é o momento de revê-lo, seu pai está em situação muito difícil no mundo espiritual, devido a todos os atos praticados durante a guerra.

– Não entendo...

– Imagine a dor que ele causou com as perseguições impostas pelo nazismo, e quantos corações inocentes se rebelaram contra ele. Sabrina, alguns meses após a sua partida naquele triste dia, seu pai foi ferido mortalmente por alguns membros da resistência polonesa. Ele não tardou a experimentar o reflexo da guerra. Assim que despertou no mundo espiritual, foi perseguido por grande parte de suas vítimas. O estado mental dele revela ainda hoje profundo desequilíbrio e loucura.

– E ele não vai voltar a viver novamente nesse mundo como eu voltei? – Sabrina indagou curiosa e emocionada.

– Certamente, ele terá a oportunidade para aprender com os próprios erros, mas a volta dele ao mundo se dará em condições de muito sofrimento e ainda pode demorar.

– Ele vai ser castigado?

– Não, minha querida, não existe castigo! Ele terá dificuldades imensas a superar pelas ações praticadas na guerra, que são apenas a herança que seu próprio comportamento gerou. Todos têm responsabilidades perante as leis naturais que regem a nossa vida, apenas isso!

Elas se abraçaram demoradamente.

Minutos depois, Sabrina despertou suavemente.

Ela abriu os olhos e sentiu agradável sensação de bem-estar dentro do peito.

Algumas imagens confusas se embaralharam em sua mente.

Ela não conseguiu concatenar as ideias.

Bocejou profundamente e voltou a dormir.

Boatos

Sabrina despertou pela manhã com muita alegria e entusiasmo.

Helena observou a diferença de humor da filha e ficou muito feliz.

A primeira atitude dela ao despertar foi se dirigir até o quarto da mãe e beijá-la com muito amor e com palavras doces na boca:

– Mãe, obrigada por tudo!

– Obrigada pelo quê, menina?

– Por tudo que fez e faz por mim, nessa ou em outras vidas!

– Que conversa é essa agora, Sabrina?

–Sei lá, mãe! Deu vontade de falar essas coisas e falei!

– Você dormiu bem?

– Dormi como uma pedra, mãe, parece que o sono da noite resgatou as minhas forças.

– Que bom né, filha? Vou preparar o café!

– Não precisa, porque eu já preparei para a senhora, tô saindo que o Fabricio já tá chegando!

– E o seu colega Aldon, como ele tá?

– A gente vai visitar ele hoje mãe, já ia me esquecendo, já faz duas semanas que ele tá internado e eu e a galera resolvemos pedir à família pra entrar no revezamento e passar a noite com ele. Isso foi uma ideia da Karol que tá se entregando a cada dia e mostrando que gosta do Aldon. Eu posso passar a noite no hospital? Tem algum problema?

– Você vai sozinha?

– Não, mãe, o Fabricio vai ficar lá comigo e a Karol também!

– Tudo certo filha, pode ficar com seus amigos, se eu precisar de alguma coisa eu te ligo! Antes de você ir eu posso ler algo pra você?

– Claro, mãe, o que é?

– Eu tava fazendo uma faxina nos meus papéis e achei essa mensagem, na verdade é um Salmo. Quando eu li me deu uma emoção e uma saudade tão intensa. Eu não sei de quem e nem de onde me veio essa saudade, mas fiquei tão tocada que até chorei. Então, eu quero muito ler pra você, posso?

– Leia mamãe! Sabrina sentou-se em uma cadeira junto à mãe e ouviu.

> *O SENHOR é o meu pastor, nada me faltará.*
>
> *Deitar-me faz em verdes pastos, guia-me mansamente a águas tranquilas.*
>
> *Refrigera a minha alma; guia-me pelas veredas da justiça, por amor do seu nome.*

Ainda que eu andasse pelo vale da sombra da morte, não temeria mal algum, porque tu estás comigo; a tua vara e o teu cajado me consolam.

Preparas uma mesa perante mim na presença dos meus inimigos, unges a minha cabeça com óleo, o meu cálice transborda. Certamente que a bondade e a misericórdia me seguirão todos os dias da minha vida; e habitarei na casa do Senhor por longos dias.

SALMOS 23:1-6

Enquanto Helena lia o Salmo, grossas lágrimas rolavam pela face de Sabrina.

Ela sentia em seu coração tocante e saudosa emoção.

O Salmo 23 ecoava como uma música de esperança que ela já tinha ouvido em tempos que não conseguia definir.

Helena também não conseguia conter a emoção.

Novamente, mãe e filha se abraçaram.

Sabrina beijou a mãe e pegou uma maçã na fruteira, nesse momento ouviu-se a buzina do carro de Fabricio que já a aguardava em frente a casa.

Ela entrou no carro e os dois se beijaram carinhosamente.

– Você tava chorando?

– Eu me emocionei com a minha mãe. Emoção é uma coisa que não se explica, a gente apenas sente!

– Sei como é isso! Não se preocupe em explicar nada.

Ele acariciou a cabeça dela e eles partiram para a universidade.

– Até que enfim o casalzinho apareceu! – Ângela brincou ao vê-los.

– É verdade! – Karol completou.

– Alguma novidade por aqui? – Sabrina perguntou para as amigas.

– Nada demais, só a notícia de que o Aldon tá cada dia melhor! Toda a universidade já tomou conhecimento de que ele tá bem. – Ângela esclareceu sorrindo.

– As informações do quadro de saúde dele foram mantidas em segredo por sugestão da polícia. – Fabricio comentou com as amigas.

O celular de Karol tocou emitindo o sinal característico de mensagem.

Assim que ela viu de quem era comemorou:

– Olha só pessoal, o Aldon não morre mais! A mensagem é dele: *Peça para o Fabricio me ligar!*

– Ué... E por que ele não enviou a mensagem diretamente pra mim? – Fabricio perguntou curioso.

– Por que você não se chama Karol, é claro! – Ângela brincou com alegria.

– Vou ligar pra ele agora...

Fabricio ligou e após a saudação inicial ele ficou bem sério e se afastou das garotas para falar mais à vontade.

– O que será que tá acontecendo com esses dois? – Sabrina falou curiosa.

– Nem imagino... – Ângela respondeu.

– Seja o que for a gente deve respeitar o papo deles.

Fabricio desligou o fone e voltou sorridente.

– Meninas, precisamos fazer algo aqui na universidade.

– O que é? – Karol perguntou.

– Espalhar um boato...

– Que boato? – dessa vez era Sabrina quem dizia.

– A gente se separa e sai pela universidade informando que o Aldon viu a tatuagem da suástica no ombro do agressor!

– Que mais? – Ângela questionou.

– Mais nada, apenas isso!

– Se é pra fazer isso, que seja agora! – Sabrina falou se afastando do grupo.

– Karol, avise no D.A. Tenho certeza que a galera de lá é quem mais precisa dessa informação!

– Farei isso agora, Fabricio!

Eles saíram por toda universidade espalhando o boato.

À medida que a informação se espalhava pelo campus a galera toda se agitava.

Em uma hora eles voltaram a se encontrar.

– Trabalho feito, notícia espalhada...

– Boa Karol! – Fabricio comemorou – Agora vamos embora, porque a noite vai ser longa naquele hospital!

– Dessa vez eu não posso, galera, sinto muito! – Ângela lamentou.

– A gente representa você, não esquenta! – disse Sabrina abraçando a amiga.

– Então tá... – Ângela se conformou – me mandem um SMS!

– Pode deixar Ângela! A gente te informa! – Karol prometeu.

Tentativa de Morte

Sabrina e Fabricio chegaram ao hospital no início da noite.

Aldon estava sentado na cama lendo um livro.

Na poltrona do quarto a mãe dele folheava uma revista.

– Olá amigão, beleza? – Fabricio perguntou.

– Tudo legal, logo eu saio daqui!

Sabrina beijou o amigo com carinho.

Bateram à porta e a mãe de Aldon falou aumentando o tom da voz:

– Pode entrar...

– Oie... – Karol chegou cumprimentando e abrindo a porta lentamente.

– Oi, Karol... – Aldon falou com largo sorriso.

Ela se aproximou da cama e beijou o rosto dele.

– Bem – Anita, a mãe de Aldon, disse – acho que posso deixá-lo com vocês três, não é?

– Pode ir tranquila... – Sabrina afirmou com sorriso.

– Então, tenham juízo...

Aldon ganhou mais beijos, dessa vez de sua mãe que se despediu deixando os quatro amigos reunidos.

– Como estão as coisas na universidade, vou ter que ralar muito pra acompanhar vocês.

– Não esquenta, a gente te ajuda a pegar o ritmo! – Karol disse acarinhando a cabeça dele.

– Tá certo... – Aldon falou de olhos brilhantes e fixos em Karol.

– Fabricio, que tal tomar um suco na lanchonete do hospital?

– Não tô com sede! – ele respondeu sem entender.

– Tá com sede sim, vamo nessa! – Sabrina o empurrou para a porta.

– Desculpe, não tinha percebido... – ele disse já fora do quarto.

De mãos dadas eles caminharam para a lanchonete e ficaram por lá conversando e tomando suco.

Cerca de meia hora depois, eles voltaram para o quarto e encontraram Aldon e Karol de mãos dadas.

Conversaram mais um pouco e cada um procurou fazer algo diferente.

Sabrina pegou um livro.

Fabricio colocou os fones para ouvir uma música.

Karol cochilou de mãos dadas com Aldon que adormeceu.

O som de uma mensagem de celular foi ouvido.

Karol abriu os olhos e comentou:

– Esse som é do celular do Aldon! Onde ele está?

– Shhhhhhhhhhhh! – Fabricio pediu silêncio e disse baixinho: – O celular dele está aqui comigo. A mensagem é da mãe dele dizendo que já chegou em casa e perguntando se está tudo bem.

– Eu posso ficar com o celular dele? – Karol perguntou.

– Não... Não... – Fabricio resistiu.

– Pode deixar com ele, Karol! – Aldon abriu os olhos e disse a ela.

Ela não entendeu o porquê, mas resolveu aceitar.

Minutos depois, Fabricio estava digitando uma mensagem no celular de Aldon.

– Você está enviando mensagem do celular dele? – Karol perguntou.

– Tô respondendo à mãe dele!

Novamente Karol estranhou, mas decidiu ficar quieta.

As horas foram avançando.

A madrugada chegou...

A porta do quarto se abriu e a luz foi acesa.

Uma enfermeira adentrou o quarto e trouxe os medicamentos para Aldon.

Ela o medicou e deixou o quarto rapidamente, todos adormeceram outra vez.

Uma hora depois, a luz foi acesa novamente.

Sonolentos eles nem perceberam o que se passava.

Quatro homens entraram no quarto e um deles foi até o lado da cama e pegou Aldon pelo pijama e o atirou ao chão.

Fabricio imediatamente pulou em cima dele, mas foi agredido por outros dois.

Sabrina que se levantou rapidamente levou um soco no rosto.

– Vocês vão com a gente... – disse um dos mascarados.

O momento era grave.

Nesse instante, todos se surpreenderam com outra voz que ecoava na porta do quarto:

– Polícia... Vocês estão presos! Mãos na cabeça!!!

Dois policiais, vestidos com trajes hospitalares, chegaram à porta do quarto e de armas em punho deram voz de prisão aos quatro bandidos.

Sem saída os quatro homens colocaram as mãos na cabeça.

– Podem sair devagar pra fora do quarto!

Do lado de fora mais policiais aguardavam para algemar os malfeitores.

Depois de todos estarem devidamente algemados, um dos policiais disse aproximando-se dos presos:

– Vamos ver a cara de vocês!

E o policial começou a puxar um a um os gorros, e a surpresa foi geral.

Dois dos bandidos eram desconhecidos e os outros dois eram Rafael e a namorada. E ela era a mais violenta, quem justamente tinha agredido Aldon, derrubando-o da cama.

– Policial... – chamou Fabricio.

– O que foi? – perguntou o oficial.

– O senhor pode verificar quem tem a tatuagem da suástica?

Sem dizer nada, o policial ergueu a manga da camisa dos quatro prisioneiros, e todos eles possuíam a mesma tatoo com o desenho da suástica.

O corredor estava aglomerado de pessoas que haviam testemunhado o ocorrido.

Um a um os presos foram levados.

Aldon, Fabricio, Sabrina e Karol comemoraram se abraçando.

– Que alívio, mas mesmo assim ainda levei um safanão! – falou Aldon, fazendo cara de dor.

– Desculpem meninas, mas eu e o Aldon já estávamos orientados pela polícia, mas não podíamos falar. Eles imaginavam que algum fato fosse ocorrer; uma tentativa de agressão ou até mesmo de morte contra o Aldon. Agora posso devolver o celular dele. Foi um dos policiais que mandou mensagem àquela hora, Karol, e foi para os policiais, que estavam à paisana no hospital, que eu escrevi. Eles estavam no quarto ao lado ouvindo tudo!

– Nossa, que loucura tudo isso, fala sério! – disse Karol assustada.

– Mas, felizmente tudo acabou bem! – Sabrina disse aliviada.

– Será que acabou mesmo? – Aldon questionou.

JOVENS DEMAIS PARA MORRER

Em poucos dias, Aldon retornava às aulas e foi justamente em seu retorno que se deu o ocorrido:

Os alunos estavam espalhados pelo campus universitário aguardando o início das aulas.

Pela portaria principal várias viaturas da polícia adentram o campus.

O grande número de policiais chamava a atenção dos alunos, parecia até que existiam muitos bandidos a serem presos.

Um homem que parecia ser o delegado responsável pela operação se dirigiu à reitoria.

Sabrina, Fabricio, Karol, Ângela e Aldon se aproximaram da reitoria e ouviram alguns gritos vindos lá de dentro.

O número de alunos aumentava devido à gritaria.

Depois o silêncio...

Todos se surpreenderam quando o reitor saiu algemado da sua sala.

Ele passava ao lado de Sabrina e Aldon, e quando os avistou estancou os passos e próximo a eles disse, fuzilando os estudantes com ódio nos olhos:

– Vocês são a escória das raças... Heil Hitler!!!

Os policiais o arrastaram levando-o preso.

– Esse cara é louco! – afirmou Fabricio.

Após alguns dias, a imprensa noticiou, e provas foram encontradas na sala do próprio reitor dando conta de que ele era o comandante de um grupo nazista internacional.

Reunidos na casa de Sabrina, todos comemoravam a volta de Aldon aos estudos e a amizade sincera que existia entre eles.

– A gente escapou de poucas e boas! – Sabrina falou com grande alívio na voz.

– Ainda bem que a polícia resolveu as coisas! – Fabricio falou, demonstrando alívio.

– Opa, pessoal! A gente tá esquecendo de algo muito importante! – Ângela advertiu.

– O que foi? – Sabrina indagou.

– Quem descobriu tudo e deu o caminho pra solução foram esses dois aqui! Ela apontou para Aldon e Karol. – Foi essa duplinha aqui que descobriu as pistas e chegou até a loja de tatoo!

– Tem toda razão, Ângela! – Fabricio admitiu.

Karol e Aldon se beijaram apaixonadamente e ela disse:

– Precisamos agora é amar!

Aldon olhou para os amigos e falou com emoção:

– Tudo passou, mas tem muita gente por aí com ideias macabras, querendo perseguir e escravizar os jovens. Enquanto isso, a gente toca a vida pra frente, mas vamos ficar de olho, porque **somos jovens demais para morrer!**

FIM

Ainda existe esperança

Adeilson Salles pelo espírito Luiz Sérgio

Luiz Sérgio está de volta!!!

Você vai se emocionar ao conhecer, nessa narrativa impressionante, o lado espiritual de uma escola e as revelações acerca da influência dos espíritos sobre os jovens.

Game Over

Adeilson Salles pelo espírito Luiz Sérgio

Luiz Sérgio nos fala dos bastidores espirituais dos jogos violentos, das consequências negativas do excesso de liberdade que crianças e jovens encontram ao acessarem o mundo virtual e muitas outras situações de risco a que ficam expostos diariamente.

O jovem gladiador e a última carta de Paulo

Adeilson Salles - inspirado pelo espírito Humberto de Campos

Após a morte do apóstolo Paulo de Tarso pelos soldados romanos, cristãos encontram em sua túnica um pergaminho que vai desafiar um jovem gladiador a viver sua maior batalha, a fim de entregar a última carta de Paulo para seu filho espiritual, Timóteo.

Casting Stars - As Crônicas de Astra

John Nolan e Valter DS

O primeiro livro do mundo com sua própria trilha sonora, com músicas originais disponíveis para o leitor baixar e ouvir durante a leitura.

Descubra, neste maravilhoso livro, como as leis do universo aplicam-se a tudo e a todos nós, e que as estrelas estão em toda parte. Olhe ao redor e você as verá.